AF295511

Inga oskyldiga får drabbas

Jonas Dandanell

Förlag: BoD – Books on Demand, Stockholm, Sverige
Tryck: BoD – Books on Demand, Norderstedt, Tyskland
ISBN: 978-91-7699-854-0

Prolog

September 2004. Motorvägen i södergående riktning var tom på bilar bortsett från den svarta Volvo V70 som med två däck i vardera körfält vida översteg hastighetsbegränsningen. Det hade tagit mindre än 6 minuter att komma ut från Göteborgs centrum. I bilen satt Kriminalinspektör Rolf Bengtsson med händerna i ett fast grepp på ratten, nästan lite krampaktigt. Inte ett ljud hade kommit från hans sammanbitna läppar sedan färden startade och blicken var fäst långt fram i mörkret. Passageraren, Polisassistent Ingela Jönsson, såg märkbart plågad ut.

Mindre än 10 minuter tidigare hade Bengtsson fått ett samtal från sin chef och bäste vän, Kriminalkommissarie Martin Lövgren. Ett larm med situationskoden 38 och adressen Ponnygatan hade gått ut i radioområde 1. Bengtsson hade reagerat omedelbart. Han hade släppt allt, rusat ut ur sitt kontor och med några få ord dragit med sig Polisassistent Ingela Jönsson nedför trapporna i polishuset på Ernst Fontells plats.

- Kom, kom fort som fan.

Han hade haft knapphändig information, men Bengtsson hade lärt sig att lita på sina instinkter. Det här kändes inte bra. Det knöt sig i magen trots att han var van vid denna typ av situationer efter nästan 14 år som Polis. Situationskoden 38 betydde skottlossning och på Ponnygatan i Mölndal låg hans hem. En trerumslägenhet som han delade med sambon

Anita Persson sedan lite drygt två år tillbaka.

Volvon svängde med skrikande däck in på Ponnygatan, endast 15 minuter efter det korta samtalet. De var inte först på plats, Bengtsson räknade snabbt till tre polisbilar på gatan och blåljusen lyste illavarslande upp kvarteret. Vid detta laget var pulsen alarmerande hög men det var en oviktig detalj just nu. Han var tvungen att få veta. Avspärrningarna var på väg upp och nyfikna grannar hade tagit sig ut på fotbollsplanen utanför. Detta var trots allt ett område som var förskonat från den tyngre brottsligheten och att flera polisbilar anlände hörde definitivt inte till vanligheten. Grannarna kände igen Bengtsson när han kastade sig ur bilen.

Han sprang mot trappuppgången och Ingela hängde på så gott det gick. Trots att hon var yngre än Bengtsson och högst troligen även bättre grundtränad kom hon inte närmare honom hur mycket hon är tog i. Hon försökte lugna honom.

- Det är inte säkert att det har något med Anita att göra, fick Ingela fram med flämtande röst.

Bengtsson lyssnade inte, han var fast besluten att komma fram så fort som möjligt. Få se henne med egna ögon.

Dörren till deras lägenhet var uppbruten och redan i ett tidigt skede såg Bengtsson att det hade varit bråk i lägenheten. Bordet i hallen var omkullvräkt och bordslampan, som han hade köpt på IKEA bara några dagar tidigare, låg på golvet. Sönderslagen i tusen bitar. Hans sista hopp sattes till att hon inte var hemma.

Anita hade en stor passion för travhästar och arbetade på Åby travbana, inte alls långt från hemmet. Jobbet innebar ofta tidiga morgnar och sena kvällar, det fanns en chans att hon var där nu tänkte Bengtsson.

Han irrade planlöst runt i den mörka lägenheten men såg ingen, varken Anita eller några andra poliser. Det hördes röster från bakom en stängd dörr inte långt från honom, röster som fick honom att reagera. Bengtsson slet upp dörren och rusade som en vildkatt in i vad som var deras gemensamma sovrum. Någon meter in i rummet stannade han till och hämtade andan, det tog en stund att vänja ögonen vid den dunkla belysningen. Sakteliga blev allt i rummet tydligt och han såg poliserna vars röster han sekunderna tidigare hade hört. De stod på sidorna av sängen, framåtlutade och inspekterade något som sekund för sekund framträdde allt tydligare i Bengtssons ögon.

Han ryggade till när han insåg vad de tittade på. Där låg Anita i sitt vita nattlinne. Till synes livlös och med tydliga ingångshål i bröstet efter något form av skjutvapen. Bengtsson, normalt sett en handlingskraftig man, stod nu blickstilla. Han visste inte om han skulle gråta eller skrika rakt ut. Kroppen tömdes omedelbart på den energi som fanns kvar och blicken blev tom. Han kände Ingelas hand på axeln. Hans hem var nu en mordplats. Han förstod inget.

- Varför, varför Anita? Vem...

Frågorna ebbade ut i rummet och han satte sig ner på golvet med ryggen mot väggen. Han täckte ansiktet i sina stora händer. Tårarna gick nu inte att hålla tillbaka.

Kapitel 1

April 2010. Tröttheten var påtaglig. Kroppen kändes som om han inte sovit en blund på hela natten. Klockan var 07:45 och inte ens den starkaste sörjan i kaffemaskinen på Polishuset i Bergen kunde få Poliskommissarie Rolf Bengtsson att vakna. Han hade egentligen aldrig vant sig vid kaffet som serverades i Norge, trots att det var 5 år sedan han flyttade hit från Sverige.

Den nyinstallerade kaffemaskinen från Selecta hade mängder av olika kaffeval men inget som maskinen kunde leverera gick upp mot en ny-bryggd kopp Arvid Nordquist Classic, en vana Bengtsson hade skaffat sig under sina många fikakvällar med sin gode vän och tidigare kollega Martin Lövgren. Han satte tröstlöst en pappmugg på avsedd plats och valde det minst dåliga alternativet på maskinen. Han var helt enkelt för trött för att orka bry sig.

Maskinen spottade och fräste under några sekunder. Det kom ut något som liknande kaffe, det fick duga tänkte Bengtsson. De stora handen greppade pappmuggen och han svepte i sig en snabb klunk utan att flytta sig från maskinen. Han gjorde som han brukade, blundade och önskade annat, men smaken var precis som den brukade vara. En smak på gränsen till gräsligt. Han drog en ljudlig suck och tittade sig omkring. Blicken fångades av ljuset i slutet på korridoren, ett ljus som fridfullt dansade in på det mörka golvet i hallen. Han började makligt vandra mot de stora fönsterna på våning sju.

Väl framme stannade Bengtsson till och blickade ut över morgontrafiken på Allehelgens gate. Det var lugnt och fridfullt. Så här långt. Han rös till, han var frusen. Tankarna förflyttade sig instinktivt till varmare breddgrader. Bengtsson var en van resenär och hade många, fina minnen från sina resor även om det nu var några år sedan han var iväg senast. Utanför Polishusets skottsäkra fönster smattrade regnet, precis som det hade gjort hela våren, och för ett kort ögonblick undrade han varför han egentligen flyttade hit.

Bengtsson försökte värma sig genom att ta en ytterligare stor klunk av kaffet, något som han snabbt konstaterade inte fungerade då det redan börjat bli ljummet. Ytterligare en ljudlig suck kom från hans läppar medan han knäppte kostymen från Dressman i ett sista desperat försök att hålla värmen. Bengtsson var inte speciellt varmblodig och genom att bo i en kustnära stad en bra bit upp i Norge fick han finna sig i att frysa allt som oftast.

Det var måndag morgon. Bara minuter kvar till den obligatoriska genomgången med Politimester Odd-Arne Bredal, en genomgång som han var bunden till varje måndag morgon som Poliskommissarie. Detta oavsett hur trött eller frusen han än kände sig. Normalt sett så var genomgången över på 45 minuter där de inledande 40 minuterna oftast kunde sammanfattas som en rak monolog från Odd-Arnes sida.

Som Politimester hade Odd-Arne Bredal krav på sig från Politidirektør, Bergens byråd och andra höga politiska instanser. Detta gjorde att han, i sann politisk anda och så fort som möjligt, såg till att det blev någon annans problem. Åtminstone var det så Bengtsson såg på situationen då de flesta av kraven landade i hans knä.

Bengtsson äntrade konferensrummet med den vanliga, lite sävliga stilen som har blivit hans signum på Polishuset.

- Gomorron chefen, sa han med ett leende.

Odd-Arne Bredal satt redan vid bordet och tittade inte ens upp när Bengtsson gled in i rummet. Han var 38 år, hade gjort en riktig kometkarriär inom polisen och ansågs vara en påläggskalv i de politiska korridorerna. Den unge chefen var infödd Bergen-bo, alltid välklädd och såg ut som en ung Robert Redford med sin blonda kalufs, vita tänder och breda haka.

- Hrm, vi får väl se mumlade Odd-Arne, fortfarande med blicken i sina papper.

Jobbet som Politimester hade han haft ett år, nästan på dagen lika länge som Bengtsson hade varit Poliskommissarie men där stannade liknelsen. Medan Odd-Arne var ung och sportig så kände Bengtsson sig gammal och trött. Han hade dock ett bra minne och ett riktigt sinne för detaljer, något som han själv tyckte var en väldigt bra egenskap som polis.

Bengtsson slog sig ner vid konferensbordet och försökte visa sig intresserad samtligt som han försökte vara lite lustig.

- Skall du köra igång?

Måndagsmötet handlade oftast om budgetdiskussioner, statistik kring brottsmål och andra liknande punkter som politiker gärna skröt om när de fick chansen. Detta var något som Bengtsson inte fann speciellt intressant. Det var numera ett nödvändigt ont, något han tidigare aldrig behövt bry sig om. I hans tidigare tjänst som Politibetjent var han befriad från män med politiska ambitioner och krav på ekonomiska utfall. Han tyckte att vardagen kändes enklare trots att mycket kunde hända på gatorna i Bergen. Dessutom slapp han gå i skjorta och kostym, något som han inte riktigt trivdes i. Något som tydligt syntes utåt.

- Fan Rolf, det ser ut som om du har sovit i de kläderna.

Det var mer en regel än ett undantag att han läxades upp av sin chef för ostrukna skjortor, slarvigt knuta slipsar och annat som inte ansågs vara värdigt en Poliskommissarie. Bengtsson muttrade lite och vred på sig i stolen. Rättade till slipsen. Att det här skall vara så jäkla viktigt tänkte han. Vem fan bryr sig undrade han tyst för sig själv.

Mötet hade pågått i tjugo minuter och i takt med Politimesters outtröttliga monolog fortlöp lät Bengtsson än en gång tankarna flyga iväg. Odd-Arnes meningar blev allt otydligare och det tog inte lång tid innan orden lät som vågskvalp på en strand i Söderhavet i Bengtssons öron. Solen från den klarblåa himlen värmde hans frusna själ. Han såg sig själv vandra längs strandkanten med uppvikta byxor och kände den varma sanden mellan tårna på ett njutfullt sätt.

Mitt i de rofyllda tankebanorna väcktes hans upp av att Odd-Arne höjde rösten. Han dunkade näven i det välputsade bordet i massiv ek som nästan tog upp hela konferensrummet.

- Är du inte ens vaken idag Rolf?

- Mmm, jodå. Jag hörde inte riktigt vad du sa där.

Tydligen så väntade Odd-Arne sig ett svar på en fråga, något Bengtsson inte riktigt var beredd på och uppvaknandet från Söderhavet blev bryskt.

- Enligt den senaste rapporten har det procentuella antalet uppklarade mål har minskat under första kvartalet, har du någon idé om hur ni skall vända den trenden?

Detta var något som Bengtsson ännu inte hade hunnit sätta sig in i och han svarade, fortfarande lite sömndrucken från dagdrömmen;

- Mmm, jag får kika på siffrorna lite senare.

- För helvete Rolf, du fick ju underlaget för en vecka sedan.

Odd-Arne var inte glad över att ha behövt upprepa frågan och tappade dessutom tålamodet när Bengtsson inte hade ett bra svar. Han reste sig hastigt, rusade ut ur rummet och lämnade Bengtsson sittande, fingrandes på sin pappmugg med kallt kaffe.

Detta var inte första gången och Bengtsson tog det hela med ro. Det var ju ändå skillnad på riktigt polisarbete och det som Politimester sysslade med, tänkte Bengtsson. Han reste sig och gick i makligt takt tillbaka till sitt kontor. Klockan var nästan halv nio och staden var vaken.

- Dags att göra skillnad, sa Bengtsson högt för sig själv.

Kapitel 2

Vårsolen hade varit upp någon timme och lyste frenetiskt in genom fönstret i den gamla träkåken. Strålarna träffade med irriterande pricksäkerhet ansiktet på mannen som sov på soffan och han började sakta vakna till liv. President Jörgen Gustavsson hade däckat i klubblokalen på Hisingen somnat med alla kläder på, inklusive klubbvästen på sig. Inte för att det var speciellt ovanligt, snarare en regel inom klubben. Trots att han var van vid att dricka mycket alkohol så kändes huvudet som om det skulle sprängas. De nyöppnade, blodsprängda ögonen blickade ut över lokalen. Han såg ett antal människor till som började vakna.

Gårdagen var en fest för Mikael Öhman som hade tagit steget till att bli en fullvärdig medlem i klubben. Sådana tillfällen firades alltid ordentligt och gårdagen var inget undantag. Trots att det var en söndagskväll så hade det varit en fest i många timmar med mängder av sprit, horor och droger. En fest helt i min smak, tänkte Jörgen och gned sina stora händer i ögonen.

Motorcykelklubben Chosen Ones MC var ett sammansvetsat gäng och tillhörde den största i Göteborgsregionen, sett till medlemsantal. Utåt sett var det kärleken till motorcyklarna som höll dem samman men sanningen var något helt annat.

Klubbmedlemmarnas vardag och inkomstkällor innefattade oftast knarkförsäljning, utpressning och andra illegala företeelser. Polisens utredningar hade kommit fram till att klubben stod för den största handeln med tunga droger i väst-Sverige och de hade ofta span på klubben och dess medlemmar. Klubben var även öppet hängivna till Hells Angels som höll till i Mölndal men enligt polisens uppgifter var Choosen Ones MC inte en officiell hangaround till HA. Inte heller bar medlemmarna några märken som befäste detta.

Jörgen tog sig ur soffan och började gå runt för att väcka upp resten av folket. Första personen han kom fram till hade somnat på golvet, mitt i rummet. Han gav mannen på golvet en rejäl spark i sidan.

- Micke, vakna för fan. Klockan är snart 9 och du har jobb att göra.

Mikael Öhman tittade upp med kisande ögon och harklade till, fick fram ett hest svar;

- Mmm, kommer. Fan alltså... vilken fest.

- Bara för att du nu får bära västen så innebär det inte att du kan sova hela dagarna, upp för helvete, fräste Jörgen på sitt sedvanliga vis medan han gick runt och sparkade på några medlemmar till som behövde vakna. Efter ett varv kände han sig nöjd och begav sig till köket som låg i direkt anslutning till det stora vardagsrummet. Han var en hård men rättvis president för klubben. Han begärde inte mer av sina medlemmar än från sig själv men då han å andra sidan saknade många spärrar som normala människor var begåvade med hade medlemmarna en hel del att leva upp till. Han satte sig vid köksbordet och försökte samla tankarna. Försökte piggna till. Huvudvärken gjorde sig fortfarande påmind.

Medlemmarna som hade sovit över var ungefär 10 till antalet. Resten av folket på festen hade på något sätt lyckats ta sig hem. Det var inte obligatoriskt enligt klubbreglerna men av praktiskt skäl valde många att sova i lokalen. Jörgen visste att man aldrig kunde utesluta fientliga attacker från andra kriminella element och ju fler som fanns i lokalen desto bättre kunde de försvara sig. Göteborgs undre värld var ständigt i rörelse och det var många som var ute efter den lukrativa drogförsäljningen.

Vice President Patrick Larsson äntrade köket och satte sig ner mitt emot Jörgen, de hade en hel del att prata om. Det väntades en stor leverans kokain inom några dagar. Patrick svepte en halv öl som lämnats kvar på köksbordet och torkade mungipan med sina stora händer.

- Har du pratat med Turkarna, sa Patrick med lågmäld röst.

Jörgen tittade sig omkring för att försäkra sig att ingen lyssnade, han svarade med samma röstläge.

- Ja, allt är klart för leverans. De kommer in med båten redan i kväll. Vanliga stället.

Nu var inte droghandeln någon hemlighet i klubben men Jörgen ville inte att alla visste allt om hur det gick till. Det minimerade riskerna i fall någon medlem skulle bli tagen av en konkurrent eller polisen.

- Bra, jag antar att det är du och jag som plockar upp paketen?

- Ja, jag litar fan inte på någon annan än dig Patrick. Det är mycket pengar på spel denna gången.

I stort sett all import av droger kom från ett Turkiskt gäng i Oslo och det fraktades med båt. Motorcykelklubben hade använt samma leverantör i några år och var nöjda med kvalitet och pris. Chosen Ones område var i första hand Västra Götaland men ibland hände det att de gjorde speciella försäljningar i andra områden. I de fallen rörde det sig mer om specialleveranser till mycket bra kunder än att de försökte kränga det på gatorna och riskera att reta upp någon annan som ägde den marknaden.

- Det här är en stor leverans Patrick, det får fan inte gå fel.

- Jag vet. Det är inte första gången vi gör det här kompis, sa Patrick med lugnande röst.

De båda männen hade känt varandra sedan barnsben. Kärleken till motorcyklar hade väckts redan i tonåren, som det ofta gjorde för pojkar på denna tiden. Det hade dock dröjt till de var 23 år gamla innan de grundade klubben. Från början var de bara två kompisar som meckade med hojarna men i takt med eget missbruk och oförmågan att behålla ett jobb gled de in på den kriminella banan. Jörgen var entreprenören och tog tidigt kontrollen över klubben. Patrick var mer av en slagskämpe och blev klubbens andreman.

Patrick gjorde några huvudrörelser för att bli av med stelheten i nacken och fortsatte prata med en lugnande röst.

- Jag tar med mig Micke och åker in till klubbarna. Hämtar upp degen.

- Gör så. Se nu fan till att få med all cash denna gången, svarade Jörgen i ett helt annat tonfall och svepte ett glas whiskey som också hade blivit stående från gårdagen. Spriten var ständigt en närvarande faktor för de båda männen.

Chosen Ones hade inte bara droger som inkomstkälla, de kontrollerade även garderob-verksamheten på Avenyns nattklubbar i centrala Göteborg. Det hade visat sig vara en bra extrainkomst och relativt riskfritt. Speciellt om man jämförde med att hämta ett större parti droger nere i hamnen en måndagskväll.

Föregående helg hade de blivit blåsta av en nattklubbsägare och fått mindre pengar med sig än vad de hade räknat med. Det hade saknats nästan 10.000 kr i kuvertet som de hade hämtat upp. Det hade varit lönehelg och stället hade varit fullt till bredden av festsugna Göteborgare. Jörgen hade räknat med minst den dubbla intäkten.

Micke gled in i köket, strök sin hand över sin rakade skalle. Han såg märkbart bakfull ut. Både Jörgen och Patrick blev tysta och tittade på varandra. De var synkade, visste vad som skulle göras. Patrick reste sig och gick fram till Micke, slog en lätt slag med knytnäven på hans överarm.

- Kom nu din mes, vi drar till klubbarna och hämtar upp stålarna.

Micke och Patrick stegade ut ur huset och gick fram till motorcyklarna som stod uppradade precis utanför. De hoppade upp på sina Harley Davidsons, startade med ett kraftigt bröl och rullade in mot stan för dagens teamwork. Patrick var oftast den som skötte snacket samt spöade upp folk om det krävdes, Micke var mest med som backup. De var väl medvetna om att de knappast skulle klara en nykterhetskontroll om de skulle stoppas men det brukade inte vara något som oroade dem.

Det var en fin morgon och vårsolen värmde deras ansikten när de gled fram i Göteborg på vägen in mot centrum. Trafiken var ganska gles, för att vara en måndag. Patrick hatade i vanliga fall trafiken i Göteborg men idag var det njutbart. Även Micke såg ut att trivas, han låg stundtals mitt i vägen och svängde bågen fram och tillbaka över väg-banorna. Någon enstaka bil tutade men de flesta höll sig på behagligt avstånd. Förmodligen för att de såg västarna tänkte Patrick.

Nattklubben Nightlife var en av de populärare klubbarna på Avenyn och var första stället för dagens uppsamling av garderobspengar. Det var även det stället som hade blåst dem förra veckan och Patrick tyckte att det var lämpligt att börja där. Ju tidigare de jävlarna fick lära sig att inte försöka blåsa klubben desto bättre tänkte han för sig själv samtidigt som de båda motorcyklarna saktade in framför nattklubben.

De parkerade bågarna utanför ingången till nattklubbens kök, en enkel entré som befann sig på några meter in på en sidogata. Patrick bankade på ståldörren och fick så gott som omedelbart ett dovt svar från personen bakom dörren.

- Vem är det?

Patrick såg sig omkring för att säkerställa att ingen såg dem.

- Det är Patrick, öppna för fan

Det var inte första gången som mannen bakom ståldörren hörde Patricks röst och det dröjde inte många sekunder innan de hörde hur dörren låstes upp inifrån. Dörren öppnades sakteliga men innan den var fullt öppen slet Patrick upp dörren på vid gavel med stor kraft. Snabb som en proffsboxare riktade han ett kraftigt slag i ansiktet på den förvånade mannen från nattklubben som hade öppnat dörren i god tro. Vakten gick i golvet med en kraftig duns. Innan vakten hann ställa sig upp var Micke framme och riktade en hård spark i ansiktet på honom.

- Ligg kvar nu ditt svin, fräste Micke.

Ljudet från sparken indikerade att näsan hade knäckts som en tandpetare och blodet sprutade över klinkergolvet i köket. Mannen förlorade omedelbart medvetandet.

Det hela satte igång en kedjerörelse och tumult uppstod, en annan man kom från ingenstans och flög på Micke. De hann dock inte med att slåss så särskilt länge innan Patrick slog mannen i bakhuvudet med en pistol och avgjorde kampen till deras fördel. Mannen svimmade av direkt och föll som en fura, precis bredvid kollegan. Micke drog till en rejäl spark i magen på den liggande mannen i ren hämnd för påhoppet och väste;

- Fan, dessa jävla vakter. Så jävla kaxiga när det inte gäller.

Med pistolen fortfarande i Patricks hand gick de igenom köket för att leta upp Bogdan, ägaren. De såg inga andra människor, varken i köket eller på dansgolvet på första våningen. Nattklubben var i 3 våningar och då de misstänkte att ägaren hade hört tumultet och gömt sig var planen att genomsöka våning för våning. De gick uppför trapporna till den andra våningen. Micke, som hade fått en smäll över munnen, spottade lite blod på dansgolvet på andra våningen och vände sig mot Patrick.

- Var tror du att det lilla aset har gömt sig?

- Han sitter väl på skithuset eller bakom sitt stora skrivbord på kontoret. Typiskt för den lilla fega skiten, svarade Patrick medan han kliade sig på den orakade kinden med sin pistol. Även andra våningen var tom på folk och de fortsatte uppför trapporna med bestämda steg. Ljudet från deras grova kängor ekade i stentrappan men de hade inga planer på att smyga sig på någon. De visste att om nu ägaren befann sig i huset så hade han ingenstans att ta vägen. De skulle hitta honom.

Bakom DJ-båset på 3:e våningen fanns det en dörr med skylten; "Kontor". Hela nattklubben var vi detta laget genomsökt och det var bara kontoret kvar. Patrick misstänkte att det var där som Bogdan satt och tryckte. Bogdan var en relativt liten man och förlitade sig på sina vakter då han själv inte kunde ta för sig. Patrick tog ordentlig sats och sparkade in dörren till kontoret med en kraftig spark. Dörren vräktes upp och Patrick vrålade samtidigt in i rummet;

- Boooogdaaaan!!!! Du vet vad som gäller, det är dubbel betalning som gäller idag. Du försökte blåsa oss förra veckan ditt svin.

Några sekunder efter att Patricks ord ekat klart i det kala kontoret reste sig Bogdan från sitt gömställe bakom skrivbordet med händerna i luften.

- Snälla, skjut inte... sa Bogdan med gäll röst.

Patrick hade inte världens största tålamod och var vid detta laget ganska lack på restaurangägaren. Han gick fram till Bogdan och riktade demonstrativt pistolen mot hans huvud.

- Du skulle fan ha en kula i pannan för att du försökte blåsa oss. Se nu fan till att fixa fram stålarna.

Bogdan tog så gott som omedelbart fram en stor sedelbunt från kassaskåpet bakom skrivbordet och la pengarna i ett brunt kuvert. Händerna darrade och rösten var inte heller speciellt stabil. Inte nog med att Bogdan hade en pistol riktad mot huvudet, Patrick var även en väldigt stor man.

- Här, det... det är 40.000 kr, stammade Bogdan fram.

Han räckte över kuvertet till Patrick, som fortfarande hade pistolen riktad mot hans huvud.

- Bra, se nu fan till att inte försöka blåsa oss igen. Då hamnar du i ett hål i marken din lilla polack-jävel.

Patrick kikade i kuvertet och räknade pengarna. Han tänkte inte göra samma misstag igen. Patrick räknade femhundralapparna och kom fram till exakt 40.000 kr. Den här gången gjorde ägaren rätt för sig, tur för honom tänkte han.

- Kom Micke, nu lämnar vi det här skitstället.

Det var garanterat sista gången han försökte blåsa klubben på pengar. Åtminstone med livet i behåll tänkte Patrick. Han stannade till i dörröppningen och vände sig om mot ägaren som fortfarande inte hade rört sig sedan han hade haft vapnet riktat mot sitt huvud.

- Vi syns nästa måndag igen Bogdan. Ha en underbar arbetsvecka, sa Patrick med ett brett leende.

Patrick och Micke lämnade Bogdan och hans illa tilltygade vakter samma väg som de kom in. De hade ytterligare 6 krogar at besöka denna morgon och började även känna av hungern. Patrick kramade om Micke utanför och petade retligt på hans blodiga läpp.

- Micke, du skötte dig bra där inne. Nu ser vi till att samla in resten av stålarna snabbt. Måste äta, vill fan inte dö av hunger mitt på avenyn.

Patrick satte sig på motorcykeln med ett stort skratt. Att han förmodligen skadat två människor svårt och skrämt upp en tredje påverkade inte honom det minsta. Micke avgudade Patrick för hans inställning och skrattade.

Insamlingsrundan tog lite drygt en timme och inbringade 150.000 kr till motorcykelklubben. Det var lite mer än en normal vecko-intäkt och motprestationen var att de skyddade nattklubbarna. Beskyddet inskränkte sig mest till att hålla andra gäng borta från att ta över garderoben men lite då och då fick de rycka in för att sätta någon på plats. Det kunde vara någon som, utan ägarens tillstånd, sålde droger inne på klubben eller att någon överförfriskad ledare från något litet gäng trodde han ägde stället.

Patrick var oftast den som utförde denna typ av hämndaktioner. Mestadels för att han var en stor och skräckinjagande man men även för att han med åren hade fått stor erfarenhet. Han kunde knappt minnas hur många ansikten han hade demolerat eller hur många knän han skjutit sönder under de 15 åren som de hade haft klubben. Det hade gett honom en hel del respekt men även många fiender i den undre världen.

Kapitel 3

Det rådde febril aktivitet i polishuset under efter-middagen. Bengtsson fick inte mycket tid för sig själv, dörren till kontoret stod på vid gavel och det sprang poliser fram och tillbaka. Strax före lunch hade en bomb briserat vid en fastighet i centrum och Bengtsson var utredningsledare. Det var ganska vanligt att han i egenskap av kommissarie fick ansvaret för utredningar av den här karaktären.

Att en bomb smällde av mitt i stan brukade ge stort eko i media och den här dagens handling var ingen undantag. Fotografer från Bergenavisen och Bergens Tidende hade varit på plats inom 15 minuter och TV-bilen från NRK kom strax därefter.

Bengtsson hade ägnat den senaste timmen åt att svara på frågor från media men hänvisade nu alla samtal till press-konferensen som var planerad till 17:00. Det skapade lite andrum och han kunde koncentrera sig på utredningen, åtminstone några timmar framåt.

Polisen hade spärrat av platsen för bombdådet och tekniker arbetade med att få fram information. Bengtsson hade ännu inte varit ute på platsen för sprängningen men att det var en mycket kraftig bomb kunde han se på TV-bilderna. Förhoppningen ställdes till att teknikerna kunde hitta något som förde fallet framåt. Bengtsson hade varit med om flera bombdåd under sin tid som polis och var medveten om att de var svårlösta fall om man inte tidigt kunde binda någon eller några till dådet.

Bengtsson reste sig från sin kontorsstol. Efter någon timmes telefonprat i stolen kände han sig stel och matt i kroppen. Han passade på att gå runt lite på kontoret, det hjälpe honom att tänka och samtidigt som han fick sträcka på benen. Halsen kändes torr efter allt prat så han gick bort till vattenautomaten som stod i hörnet på kontoret. Ett stort glas kallt vatten var precis vad han behövde just nu och genom att flippa en liten platskran fick Bengtsson omgående friskt källvatten i ett plastglas.

Han svepte hela glaset vatten och begrundande samtidigt Politibetjent Trond Berg som stod lutad över skrivbordet på kontoret. Han bläddrade febrilt bland en hög papper. Trond var en lång man, klart längre än medellängden i Norge. Bengtsson tyckte att det nästan såg lite obekvämt ut när han begrundande Trond som med sin långa överkropp stod lutad över skrivbordet. Själv var Bengtsson minst huvudet kortare än Trond, även om han inte såg sig själv som kort.

Trond bläddrade i rapporter från vittnessamtal och tips som hade kommit in till stationen efter bombdådet. En hel del tips var återvändsgränder men de var ändå tvungna att kolla upp dem. Som poliser visste de att det oftast räckte med små detaljer för att man skulle kunna lägga ihop ett plus ett. Trond reste blicken mot Bengtsson och pratade med en lätt upphetsad röst.

- Alla tecken tyder på att det rör sig om en ensam gärningsman. Vi har gått igenom hundratals tips redan.

Bengtsson slängde den tomma plastmuggen och satte sig i sin stol bakom skrivbordet. Han snurrade stolen och såg relativt avslappnad ut med händerna bakom huvudet.

- Ensam gärningsman säger du. Kan det vara kopplat till någon utländsk terrorgrupp?

Norge i allmänhet och Bergen i synnerhet hade varit relativt förskonade från terrorattacker men som utredningsledare måste Bengtsson försöka ta alla aspekter i anseende.

Han mindes händelsen i Danmark i januari där en Somalisk man hade brutit sig in hos Kurt Westergaard, beväpnad med en yxa. Mannen försökte döda tecknaren, högst troligt för hans avbildningar av Muhammad några år tidigare. Stora delar av den muslimska befolkningen världen över hade fördömt teckningarna och sedan dess hade Kurt levt med en dödsdom hängande över sig.

Bengtsson fortsatte att snurra på sin kontorsstol för att slutligen stanna med ryggen mot skrivbordet. Han blickade långt ut i den gråa vardagen genom det stora fönstret. Han mumlade lite för sig själv men harklade till och fick iväg en hörbar fråga.

- Har det dykt upp några ledtrådar som kan leda oss till gärningsmannen? Eller tilltänkt offer?

Trond reste åter sin långa lekamen, strök sin haka med handen och la huvudet på sned.

- Vi har tips på att en röd Volkswagen Passat har cirkulerat i området och enligt vittnen betett sig underligt.

Bengtsson fortsätter stirra ut genom fönstret likt en dagdrömmare.

- På vilket sätt har den betett sig underligt?

- Den har stannat på delar av vägen där man inte fått stå, kört väldigt sakta. Strax före smällen skall den ha setts åka från platsen i hög fart. Vi håller just nu på att försöka få fram ett registreringsnummer på bilen. Vi har en del kännetecken på bilen. Ingen av vittnena har dock kunnat ge något signalement på föraren.

Bengtsson drog händerna genom håret. Det var verkligen inte mycket att komma med tänkte han.

- Vet någon egentligen vem eller vad som var målet med sprängningen?

Trond tog en bra stund på sig att svara, bläddrade genom några papper en gång till.

- Det har varit en hel del spring i trapporna enligt grannarna. Många skumma typer har kommit och gått på märkliga tider på dygnet. Vi misstänker att någon form av narkotika är inblandad. Om det sedan har med sprängdådet att göra vet vi inte så här långt. Vi håller på att knacka dörr i området, samla in ytterligare information.

Bengtsson snurrade runt ett halvvarv och mötte Trond med blicken.

- Okej, tack. Fortsätt med det arbetet och meddela mig genast om ni får fram något.

Trond rafsade ihop lite papper och försvann ut ur kontoret med långa kliv.

Bengtsson behövde mer resurser. Var detta ett verk av en galning så kunde vad som helst hända härnäst tänkte han. Om det hade med droger att göra så var det bäst att blanda in de personer som kunde den branschen bäst. Oavsett, han behövde hjälp. Med en stil som inte på något sätt liknande Tronds gick Bengtsson snabbt ut ur sitt kontor och svängde in i hallen. Tiden började rinna ut.

Bengtsson joggade lite lätt i korridoren mot avdelning 4, en specialiserad avdelning för drogrelaterade brott. De höll till i andra änden av våningen och då det var en bit dit fick Bengtsson pulsen att stiga snabbt.

- Fan, att man skall vara så jävla otränad nu för tiden... mumlade Bengtsson tyst för sig själv medan han joggade i riktning mot avdelning 4.

Detta var ingen vanlig syn i polishuset och det var inte konstigt att flera personer längs vägen tittade upp med en förvånad blick.

Bengtsson kom fram till avdelningen med andan i halsgropen och letade upp avdelningschefen, Politiførstebetjent Olav Hauge.

- Olav, kan jag få prata med dig... flämtade Bengtsson fram.

Olav Hauge hade arbetat som polis ungefär lika länge som Bengtsson hade gjort och Olav var en av dem i polishuset som han kom bäst överens med. Han påminde Bengtsson om sig själv; en man i sina bästa år och som dessutom var riktigt smart. En som tänkte efter före helt enkelt, ett uttryck som Bengtsson gillade.

- Visst, hör att det händer en hel del hos er idag.

- Ja, det är främst därför jag vill prata med dig... sa Bengtsson, fortfarande med en tyngre andning.

De klev in på Olavs kontor och Bengtsson stängde den glasbeprydda dörren efter sig. Han väntade några sekunder, behövde hämta andan. Olav hann gå runt sitt skrivbord och sätta sig ner under tiden. Bengtsson stod fortfarande upp och sakteliga började kroppen återhämta sig efter språng-marchen.

- Jag skulle behöva några av dina grabbar, vi har ett spår efter gärningsmannen. Kanske även måltavlan. Det kan vara narkotika inblandat.

Olav lutade sig tillbaka i stolen och lade upp fötterna på bordet.

- Vad har ni för information?

Bengtsson litade fullständigt på Olav och hade inga problem att avslöja vad de visste så här långt.

- Vi misstänker att det har sålts droger i en av lägen-heterna. Vi håller just nu på att lokalisera den som bor i lägenheten men vi har ännu inte fått napp. Han verkar ha gått under jorden. Vi skulle behöva er expertis och kontakter. Kanske har ni haft span på lägenheten eller personen som bor där?

Olav blev genast väldigt intresserad och tog snabbt ner fötterna från bordet. Han reste sig och gick hastigt fram till dörren till kontoret. Olav slet upp dörren och stack ut huvudet. Han tittade sig omkring, ropade och kallade till sig två personer från sin grupp. De två unga männen klev in på kontoret och stängde artigt dörren efter sig. De såg ut som vilka unga människor som helst och hade de inte varit på en polisstation så hade de förmodligen aldrig tagits för poliser. Säkert en mycket bra egenskap som polis inom narkotikaroteln tänkte Bengtsson.

- Kommissarien behöver hjälp med sprängningen, troligen är det ett droger med i bilden. Jag vill att ni assisterar honom, ge honom all hjälp han vill ha. Är det Okej?

De både männen tittade på varandra, sedan tillbaka på Olav och nickade instämmande.

Bengtsson hade fått det han kom för. Han stegade fram och tog Olav i hand.

- Tack, det blir perfekt. Vi hörs.

Bengtsson eskorterade de två unga männen från avdelning 4. Trond Berg hade åter anlänt till kontoret och stod likt en déjà vu känsla fortfarande lutad över hans skrivbord när Bengtsson och hans nya medhjälpare anlände.

- Jag har fixat hjälp, de här grabbarna har stenkoll på stans langare. Ta några minuter och sätt in dem i situationen.

Trond släppte fokuset på sina papper och vände sig mot männen.

- Bra, vi behöver all hjälp vi kan få med det här fallet.

De tre männen gick ut och Bengtsson fick för första gången sedan lunch sitt kontor för sig själv. Han satte sig i stolen, sträckte sig bakåt och tog ett djupt andetag. Han gillade inte lösa trådar, hela det här bombdådet kändes väldigt olustigt och han tänkte högt för sig själv.

- Varför ville någon spränga en bomb utanför en byggnad mitt på dagen? Var syftet att skrämmas? Vem i så fall var målet?

Bomben hade briserat vid porten till byggnaden och totalförstört dörren samt halva trapphuset. Även de bilar som stod närmast porten hade blivit skadade och ett större antal fönster hade gått sönder. Av de uppgifter de hade så här långt var inga personer allvarligt skadade. Bengtsson kunde för allt i världen inte få grepp på gärningsmannens tillvägagångssätt men kände på sig att det här var större än vad det såg ut att vara. *Kanske en hämnd för något? Varför annars ta till så kraftiga metoder?*

Mitt i sina djupaste tankar hör Bengtsson en kraftig röst.

- Chefen, har du tid?

I dörröppning till kontoret stod en yngre uniformerad polis. Han såg stressad ut så Bengtsson svarade på studs;

- Givetvis, vad har du på hjärtat?

Den unga mannen blev om möjligt ännu mer stressad över Bengtssons snabba svar men tog sig samman efter några sekunders öronbedövande tystnad.

- Vi har gått igenom telefonlistorna från de personer som bor i huset och hittat något intressant. Mannen som bor på fjärde våningen fick ett samtal bara några minuter innan det small. Vi vet inte vem som ringde, samtalet kom från en mobiltelefon med kontantkort. Ej registrerat. Det kanske inte är något men det är det enda som vi så här långt har hittat i telefonlistorna. *Ytterligare en pusselbit...* tänkte Bengtsson.

- Tack, bra jobbat. Jag informerar de andra

Den unga polisen försvann lika fort som han hade kommit.

Bengtsson var stolt över sin personal och speciellt över de unga poliserna. De verkade ta sitt yrke på allvar. Han hade träffat många ungdomar som han tyckte inte verkade vilja arbeta alls. Antalet unga män och kvinnor som bara hängde på stan ökade för varje år, något han var bekymrad över. Han hade sett det förr; tristessen ledde ofta till något allvarligare med tiden. Ungdomarna tog förr eller senare allt större risker för att skapa spänning i vardagen, det kunde vara droger, stölder eller liknande.

Bengtsson hade låtit tankarna glida iväg och fick påminna sig själv vad som var viktigast just nu;

- Fokus Rolf, det är inte dagens problem.... mumlade han högt för sig själv.

Han fortsatte genast med sina tankar om motivet till bombdådet. Telefonsamtalet kunde vara en slump, eller så var det i allra högsta grad en viktig ledtråd. Han var inte säker men kände på sig att det var en del av lösningen.

Vittnesuppgifterna bestod av en tjock hög med papper.

Bengtsson visste att man som polis tog alla chanser att fråga så mycket man kunde när man intervjuade vittnen. Speciellt då ett vittne kunde vara lite disträ direkt efter en omtumlande händelse. Man fick helt enkelt hjälpa dem på traven brukade han säga.

Han tog en rapport från toppen på högen och började läsa. Vittnet i rapporten var en äldre dam som hade suttit på en bänk på andra sidan gatan från fastigheten. Hon hade suttit på bänken i lite drygt en timme, bland annat matat duvorna enligt egen utsago. Rapporten berättade att hon inte kunde komma på att hon hade sett något intressant innan smällen. Polisen som intervjuade hade då istället börjat ställa ledande frågor;

- Såg du någon person uppehålla sig vid fastigheten någon gång under tiden du satt på bänken?

- Visst fanns det folk som gick förbi men ingen som verkade misstänkt eller som höll på med något konstigt.

- Kan du beskriva någon av de som gick förbi?

- Nej, det var alldeles vanliga människor. Jag såg inget konstigt med dem.

Bengtsson hade läst många vittnesrapporter under sina år som polis, många gav helt enkelt inget. Detta såg ut att vara en sådan rapport tyckte han men bestämde ändå sig för att läsa klart den.

Polisen fortsatte på inslagen väg med ledande frågor till den gamla damen.

- Det var enligt uppgifter inte så mycket trafik på gatan vid tidpunkten. Kan du komma på något som inte kändes normalt avseende trafiken?

- Det kanske inte är något men en röd bil stod nästan på övergångsstället, bara 20 meter från mig. Den hade stannat där men jag tror inte att man fick stå där.

Bengtsson kom nu ihåg att Trond hade pratat om en röd bil som uppträtt märkligt. Det var garanterat den bilen som den äldre damen hade sett tänkte han och läste vidare.

- Såg du föraren i bilen?

- Nej, solen blänkte. Jag såg inget alls.

- Fanns det något på bilen som du kommer ihåg, något kännetecken. Nummerplåten?

- Nej, jag kan inte sitta och kolla nummerplåtarna på alla bilar som jag ser. Jag satt där en bra stund. Jag bara tyckte den stod konstigt. Men en sak var konstigt med bilen. Den hade ingen spegel på sidan.

- Menar du att den röda bilen saknade sidobackspegeln, vilka sida?

- Ja, så heter det ja. Det var på samma sida som föraren satt på.

Bengtsson läste klart och la sedan rapporten åt sidan. Det var inget annat än observationen av bilen som stack ut och han tog nästa rapport ur högen.

Det tog nästan två timmar att läsa igenom resten av rapporterna och efteråt delade han Tronds åsikter kring profilen. Bengtssons erfarenhet sa honom att det troligen rörde sig om ensam gärningsman, maximalt två personer. Det tog inte lång tid att köra fram till porten och kasta ut en väska med en bomb tänkte han.

Det fanns ytterligare två andra vittnen som hade sett den röda bilen uppträda konstigt. Ingen hade dock sett föraren och de hade inte speciellt mycket att gå på. Bengtsson satte hoppet till att killarna från narkotikaroteln skulle hitta något.

Klockan hade blivit 16:00 och Bengtsson behövde samla in styrkorna inför den kommande presskonferensen. Den skulle vara i Polishuset stora sal, på första våningen klockan 17:00. Han gick ut ur sitt kontor och bort mot den öppna ytan i mitten på våningen. Där satt de flesta som jobbade med fallet. Det var 10-12 poliser som gick igenom tips, ringde informatörer, läste på internet och försökte på alla sätt föra utredningen framåt.

Bengtsson ställde sig i mitten av skrivborden och sa med hög röst för att överrösta mumlet som fanns i lokalen.

- Hallå! Vi samlas i stora konferensrummet en stund, det är snart presskonferens och jag behöver höra det allra senaste.

Han vände på klacken och gick sakteliga bort mot konferensrummet. Det var för övrigt i samma rum som Bengtsson tidigare på dagen haft genomgång med Odd-Arne Bredal. Bengtsson kom i samma sekund kom på att han inte hört av sin chef än. Det var ovanligt, Odd-Arne brukade sällan missa en chans att hamna i strålkastaren. Kanske väntade han till vi hade löst fallet skrockade Bengtsson för sig själv.

Konferensrummet på 7:e våningen hade plats för 12 personer, det räckte precis idag. Bengtsson satte inte sig ner utan vankade fram och tillbaka medan resten av folket ändrade rummet en efter en. Han tänkte att han behövde röra på benen lite. Han hade en tendens att bli stel när han satt ner för länge och arbetet med att läsa klart vittnesmålen hade tagit sin lilla tid.

Poliserna som arbetade med fallet satte sig ner runt bordet. De sa inte mycket, de flesta tittade på Bengtsson och väntade på att han skulle börja prata.

- Om en timme är det dags för presskonferens, snälla säg att vi har mer än en röd bil som uppträtt konstigt?

Det var 9 män och 3 kvinnor runt bordet. De flesta bara tittade på varandra men efter en stund tog en av dem ton. Det var en av de yngre poliserna som Bengtsson hade lånat in från narkotikaroteln.

- Vi har fått reda på mer om mannen som bor i lägenheten på våning 4. Han heter Konrad Nielsen och är 28 år. Han bodde tidigare nere vid Sjøflyhavnen tillsammans med några pundare men har nu bytt upp sig. Han har figurerat i våra register tidigare och vi misstänker att han langar, mestadels kokain, meth och amfetamin. Förmodligen är det där pengarna till lägenheten har kommit ifrån.

- Bra, nu är vi en bit på vägen. Var är Konrad nu, undrade

Bengtsson med blicken fäst på den unge mannen.

- Vi har inte hittat honom men vi har span på kända grupperingar och kommer hitta honom snart. Våra informatörer har inte sett honom på ett par dagar, det behöver dock inte betyda något. Konrad har för vana att försvinna kortare perioder enligt de personer som vi pratade med.

Bengtsson satte sig ner i stolen och hela gruppen följde hans minsta rörelser.

- Tror ni att han är inblandad i bombdådet? Eller snackar vi potentiellt offer?

Bengtsson ställde en öppen fråga rakt ut i gruppen med även denna gång var det ynglingen från avdelning 4 som tog ton.

- Högst troligen är han måltavla för bomben. Vi misstänker att någon placerat bomben utanför porten och sedan ringt Konrad med avsikten att han skulle komma nerför trapporna och ut genom porten. Förmodligen känner gärningsmannen och Konrad varandra. Kanske hade Konrad blivit misstänksam och tagit sig ut genom baksidan, om han nu ens var hemma vid den tidpunkten. Gärningsmannen kanske har känt sig stressad och detonerat bomben även om Konrad inte synts till. Det är vår bästa teori just nu.

Bengtsson nickade instämmande under ynglingens redovisning, nöjd att de faktiskt hade något att gå på.

- Tack, det är bättre än inget. Jag behöver så mycket jag kan få inför pressmötet. Det här är stort, media kommer vilja veta så mycket som möjligt. Jag tycker dock att vi håller Konrad inom gruppen än så länge, vi vill inte skrämma iväg honom.

Bengtsson lät blicken vandra runt bland sina adepter och säkerställde att informationen hade nått fram. Han möttes av idel nickande huvud.

- Jag säger som det är; vi söker just nu en röd Passat som vi misstänker har med bombdådet att göra. Det finns redan en efterlysning på bilen och kanske kan media hjälpa oss att hitta den.

Gruppen nickar återigen medgivande.

Bengtsson var van vid presskonferenser sedan tiden som Poliskommissarie i Göteborg. Han visste också att man inte ville berätta för mycket då buset ofta följde allt som hände i media. Var man för detaljerad så kunde man lätt tappa ett eventuellt övertag på gärningsmännen.

- Tack för att ni kom, fortsätt med det ni höll på med innan. Så fort ni har något som ni tror kan hjälpa fallet så vill jag att ni hör av er till mig direkt. Är jag inte på plats på kontoret så ring på mobilen, oavsett tid på dygnet. Är det någon av er som snart går av sitt skift men vill fortsätta så är det helt okej med övertid. Jag tänker inte kräva det av er men vill ni stanna kvar och följa upp de spår ni har så vore jag väldigt tacksam.

Bengtsson var rak och ärlig mot sin grupp, det hade han alltid varit. Tack vare den inställningen hade han fått respekt i huset, något som inte alltid var så lätt för en Svensk på en chefsposition i Norge. "Svenne-Norsken" brukade de skämtsamt kalla honom. Det var inget Bengtsson hade något emot, han hade blivit kallad för klart värre saker i sina dagar brukade han säga.

Kapitel 4

Taklampan i garaget blinkade outtröttligt. Det sterila rummet var fuktigt och kallt men Konrad Nielsen brydde sig inte. Han försökte bara hålla sig borta, hålla sig vid liv. Tidigare under dagen hade någon försökt ta livet av honom, det var han övertygad om. Han hade fått ett samtal från hans leverantör bara några minuter innan det small, det kunde inte vara en tillfällighet tänkte han. Konrad satt på golvet med armarna runt midjan, han var trött och frusen men kunde bara tänka på samtalet och vad som hände därefter. Han spelade upp det i huvudet, gång på gång.

- Hej Konrad, det är Basir. Har du tid?

Konrad visste inte vad han skulle svara, normalt sett så var det han som sökte upp dem, inte tvärtom. Han blev lite paff.

- Öh, vad gäller det?

- Jag är utanför, har en sak jag vill prata med dig om. Kan du komma ner?

Konrad hade fått en olustig känsla i magen och ville gärna veta vad det gällde. Basir var ingen man som bara ringde och ville träffas för lite skitsnack. Av vad han visste var Basir mannen som de skickade när de behövde muskler för att hantera någon form av situation. Det gjorde honom än mer nervös och han försökte hitta en väg ut för att slippa träffa Basir. Han skyllde på att han höll på med annat för tillfället och inte hade möjlighet att ses men Basir gav sig inte så lätt.

- Du... Jag står väldigt dumt till och behöver även sticka snart. Har några minuter över, kan du inte komma ner? Det är viktigt. Jag behöver verkligen snacka med dig. Du kan vara lugn, tänker inte skada dig eller något.

Konrad funderade några sekunder, det kändes som en evighet men sedan fick han fram ett svar som Basir gillade;

- Ja, okej... jag kommer ner om en minut.

Konrad tog på sig gymnastikskorna och en svart jacka med huva. I ena köksskåpet hade han en stor kakburk men innehållet var allt annat än godsaker, såvida man inte var kriminell förstås. Han lyfte ner burken och tog fram en bunt sedlar samt en pistol. Den olustiga känslan hade inte försvunnit. Bäst att ha med sig lite backup tänkte han. Han hade verkligen inga planer på att gå Basir till mötes utan någon form av försvar.

Konrad stängde ytterdörren så tyst han kunde och började gå ner för trapporna. Han bodde högst upp, på våning 4, ganska centralt i Bergen. Han smög ner, livrädd för att göra ifrån sig ljud som kunde varna Basir. Våning för våning, tyst som en mus och med full uppsikt neråt fall i fall Basir hade lyckats ta sig in genom yttre dörren. Väl nere i trapphuset hade han tvekat. *Kunde det vara en fälla? Vad ville Basir egentligen?*

Visserligen hade han spätt ut kokainet lite och på så sätt tjänat en extra hacka men det gjorde ju alla tänkte han. Det var ju inget som hans leverantör behövde veta, de hade ju redan fått betalt för leveransen mumlade Konrad för sig själv. Hans onda föraningar tog över och han tog beslutet att gå ut bakvägen, strunta i bilen som stod parkerad på framsidan av huset. Cykeln stod på bakgården och det fanns en väg ut ur kvarteret utan att behöva gå via framsidan, det passade väldigt bra tänkte Konrad. Han ville absolut inte stanna kvar och kolla vad Basir egentligen ville.

Den kraftiga smällen dånade i hela kvarteret och det var inget som Konrad missade. Tvärtom, han ramlade nästan av cykeln av den kraftiga smällen då han endast hade kommit 20 meter från huset. Han blev livrädd, visste direkt att den var avsedd för honom. Basir hade säkerligen hört honom eller så bara chansade han, hoppades att Konrad skulle befinna sig på andra sidan den yttre dörren när det small. Konrad cyklade så fort han bara kunde. Hans enda mål var att komma bort från Basir och lägenheten, bort från någon som högst troligen önskade livet ur honom. Svetten rann ner för pannan när han susade mellan husen i riktning mot ett industriområde strax norr om centrum.

Det fanns ett garage inom 15 minuters cykelfärd, ett garage som han brukade låna av en kamrat. Han hade mest använt garaget till mellan-lagring i de fall han kom över stöldgods eller annat som behövde kylas ner. Där var han nog säker, för en stund i alla fall inbillade han sig. Han hade så hög fart på cykeln att han nästan krockade med garaget när han försökte få stopp på cykeln. Konrad fumlade en stund med nycklarna men kunde ändå samla mod så att han kunde få upp garageporten och smita in, han tog med cykeln och innan han stängde porten städade han upp efter cykelspåren utanför. Han ville inte att det skulle finnas några spår av att någon befann sig i garaget. Han studerade flyktigt städningen och även om det kanske inte blev perfekt så borde man inte kunna se att det var färska spår som ledde in till honom.

Garaget innehöll inte speciellt mycket, det fanns i stort sett bara några flyttlådor på en pall i ena hörnan. Det var ägarens lådor och Konrad visste att troligen bara var gamla kläder och annat som inte längre användes. Utöver lådorna fanns det inget annat än den cykel som han själv hade släpat in. Han tände taklampan som hängde mitt i rummet och letade fram några klädesplagg ur lådorna. Det var för kallt för att sitta rakt på betongen så han vecklade ut några gamla vinterjackor och satte sig på dem i ena hörnan av garaget. Andningen började nå normal frekvens men han var allt annat än lugn.

Konrad blev alldeles kall när han tänkte tillbaka på händelsen och kröp ihop ännu mer i garaget. Han visste inte var han skulle ta vägen nu. Mobiltelefonen glömde han kvar i lägenheten och det var fortfarande ljust ute. Han tyckte inte att det var lämpligt att bege sig ut på ett antal timmar, speciellt inte om de fortfarande letade efter honom. Det kunde sluta illa då Basir var en turk med ett hårdfört rykte. Han drog sig inte för något, det hade Konrad tidigare varit med om.

Han mindes tillbaka till stunden då han såg Basir för första gängen.

Det var något år sedan och han skulle besöka hans leverantörer en sen kväll för att hämta upp en leverans kokain. Det var första gången som han besökte dem. Konrad var ganska ny som langare och hade bara varit i kontakt med Turkarna några få gånger. Tidigare hade de mötts i mörka gränder och på andra obskyra platser men denna gång skulle han få komma till deras lokaler. Han såg det som ett tecken på att de litade på honom.

Turkarna höll till i en nerlagd fiskfabrik nere vid hamnen. Konrad hade fått en adress via telefon och körde dit för att hämta upp varorna. Fabriken var ganska stor och han blev anvisad av mannen som vaktade ytterdörren att han skulle gå igenom första stora rummet och sedan var det 3:e dörren till höger. Han klev in och gick sakta genom fabriken. Det fanns många rum i fabriken och han stannade vid en dörr på högersidan. Han var lite osäker på om det var rätt men chansade, öppnade dörren så tyst han bara kunde. Det visade sig vara fel rum och det han såg längre in i rummet fick blodet att isa i ådrorna.

En man med rakad skalle stod framför en stol. I stolen satt en annan man, fastbunden till stolen. Mannen i stolen var slagen blodig i ansiktet och såg mer död än levande ut från där Konrad stod. Han vågade varken gå in i rummet eller vända om, risken att de skulle höra honom var för stor tänkte han. Han stod som paralyserad kvar i dörröppningen och försökte vara så tyst han bara kunde vara.

Den rakade mannen plockade upp en hammare från ett bord och pratade samtidigt med mannen i stolen. Konrad var för långt borta för att höra vad de sa men han uppfattade några ord som "pengar", "stulit", "vän". Mannen med hammaren gick ner på huk och plockade av skorna och strumporna på den bundna mannen. Den rakade mannen satt kvar och tittade på mannens nakna fötter i några sekunder. Det var knäpptyst i rummet, bortsett från några enstaka snyftningar från mannen i stolen.

Utan någon förvarning svingade den rakade mannen hammaren med full kraft mot mannens ena fot. Ett fruktansvärt skrik ekade i rummet. Konrad tyckte att såg ut som om den bundna mannen hade fått en eller flera tår krossade. När skriken hade ebbat ut och ersatts av snyftningar så svingades hammaren än en gång i full kraft mot mannens fot. Han skrek om möjligt ännu högre och den rakade mannen försökte överrösta honom, nu med högljudd röst;

- Var fan är pengarna? Svara...

Konrad passade på att smita ut i tumultet. Han hoppades att ingen märkt av att han varit på villovägar, framförallt inte mannen med hammaren. Han gick vidare i korridoren och hittade till slut rätt rum. Hans kontakt på den tiden var Mehmet, en Turkisk man i 30-års åldern. Mehmet satt vid ett bord och drack kaffe. Han såg genast Konrad i dörröppningen, hälsade honom välkommen och frågade om han hade haft problem att hitta. Konrad svarade omedelbart och instinktivt nej på den frågan, dock osäker på vad han egentligen menade. *Visste han att jag hade tagit fel dörr? Eller menade han vägen till fabriken?*

Han var inte speciellt intresserad av att ta reda på vilket och svarade ytterligare en gång.

- Nej, det gick bra.

De hade börjat prata rent socialt. Om väder och vind, politik och tjejer. Efter en stund tog Mehmet fram paketet med kokainet och de började istället prata om pengar, kvalitén på kokainet, vilka områden som Konrad skulle akta sig för. Turkarna var stolta över sin höga kvalité och hade ett rykte att försvara. Konrad nickade instämmande, kände att han inte vågade annat. Mehmed räckte Konrad paketet med kokain och de tog varandra i hand. Konrad var i färd med att gå och hade precis bara vänt sig om när dörren till rummet öppnades på vid gavel. Där stod den rakade mannen, mitt i dörröppningen. Som en hårdför vakt, en härskare med sina händer i sidan på kroppen.

- Hej, du måste vara Konrad. Jag är Basir.

Konrad stod halvvägs in i rummet, som frusen i marken, fick inte fram ett ord.

- Har du tappat talförmågan grabben?

- Eh, nej...

Konrad visste inte vad han skulle säga och kände definitivt inte för att småprata med en man som urskillningslöst kunde misshandla en annan person. En person som dessutom var fastbunden. Han ursäktade sig och smet förbi mannen med det rakade huvudet, tittade inte tillbaka utan gick i snabb takt genom lokalen och ut till bilen. Väl där fumlade han med nycklarna som om han varit onykter. Konrad var rädd och stressen tilltog i takt med att han inte hittade nyckelhålet till bilen. Efter några sekunder, som kändes som minuter, så lyckades han starta bilen och köra därifrån.

Historien om när han såg Basir för första gången hade etsat sig fast på hans näthinna och bidrog till att hans mådde allt sämre där han satt i det flimrande skenet från taklampan. Det var definitivt ingen människa han ville ha efter sig.

Konrad bar ingen klocka och i avsaknad av sin mobiltelefon fick han gissa sig till vad klockan kunde vara. Det kändes som en evighet men han uppskattade det till att de nu gått några timmar. Han var hungrig, lunch fick han aldrig och någon mat fanns inte i garaget. Tanken var att dra nytta av mörkret för att förflytta sig men var skulle han ta vägen? Hans vänner var säkert bevakade, antingen av Turkarna eller Polisen. Kanske av båda? Det mesta kändes ganska hopplöst och Konrad satte händerna i ansiktet i en villrådig gest och suckade djupt, inväntade mörkret.

Kapitel 5

Klockan var 17:15 när Bengtsson äntrade Polishusets stora sal som vid detta laget var full av journalister och TV-team. Han lunkade de 5 metrarna från dörren till det podium som stod framför den samlade skaran, allt medan han valde att fokusera blicken i marken. Bengtsson kände sig lugn och harmonisk. Den samlade presskåren hade väntat en stund på att få komma igång och han kände av en viss irritation i luften. Bengtsson var van vid detta och behöll sitt normala lugn, de kommer få veta precis så mycket som de behöver i sinom tid tänkte han och tog plats bakom den ljusa estraden. Den nådde honom till bröstet och dolde effektivt de papper med sammanfattningar han hade med sig.

Bengtsson började med att presentera sig själv och vad som hände strax innan lunch men det mesta av detta var redan känt och reportrarna stod på helspänn för att få ställa följdfrågor. Bengtsson hann knappt avsluta sin sista mening innan en reporter nästan skrek ut.

- Har ni några tips på vem som har gjort det?

Frågan kom överraskande snabbt och Bengtsson hann inte avgöra vem som egentligen ställde själva frågan. Han blickade ut över den fulla salen men gav direkt upp den, höjde istället handen framför sig för att markera att han avsåg att svara. Han svarade med sin sedvanliga lugna röst.

- Vi har några spår som just nu följs upp.

- Är det en terroristattack, frågade samma reporter som nu

pratade med frenetisk röst.

Bengtsson ville avdramatisera dådet för att inte skapa panik och samtidigt lugna stämningen i salen så han drog lite på svaret. Ett knep han hade lärt sig med åren. Han fortsatte att prata med en lugn säker röst.

- Inte vad vi kan se så här långt, ingen grupp har tagit på sig ansvaret. Vi misstänker en eller maximalt två gärningsmän och i nuläget kan vi inte säga något om vilken inriktning utredningen har angående gärningsmännens tillhörighet.

Bengtsson tittade ner i sina papper och funderade på hur mycket han skulle låta media få veta. Polisen behövde hjälp för att hitta gärningsmännen men de ville inte heller avslöja för mycket så att buset gick under jorden. Bengtsson visste att relationen med media var en balansgång på en knivudd. Genom åren hade det gjorts många misstag som han nu försökte lära sig av.

Bengtsson blev abrupt avbruten i sina tankar av en kvinnlig röst. Det var en reporter från Bergens Tidende som omgående avslöjade att hon troligen visste mer än vad de flesta andra reportrar kände till.

- Vi har indikationer på att det är en knarkaffär som gått snett, kan ni bekräfta detta?

Det gick några sekunder innan Bengtsson svarade, sekunder som kändes som minuter i den nu knäpptysta salen. Han blev lite överrumplad över frågan, började genast tänka på om det fanns läckor i huset. Harklade sig lite.

- Detta är inget vi varken kan bekräfta eller dementera, så fort vi vet mer om potentiella gärningsmän och motiv så kommer ni få veta det.

Den kvinnliga reportern verkade inte så nöjd med svaret och tog sats för ytterligare frågor men Bengtsson hann före.

- Vi har dock uppgifter på att en röd Passat på något sätt kan vara inblandad i dådet. Den har setts i området strax innan explosionen och är nu eftersökt av Polisen. Det finns bara vaga signalement på bilen men alla observationer är av intresse för oss.

Frågorna fortsatte i samma anda och efter 45 minuters politiskt korrekta och i vissa fall rent intetsägande svar från Bengtsson så avslutade han presskonferensen. Mumlet i salen indikerade på att många inte var helt nöjda med svaren men Bengtsson visste bättre än att ge ut precis allt han hade innan de ens hade en gärningsman att söka efter. Salen tömdes anmärkningsvärt snabbt i takt med att alla reportrar rusade ut för att tävla om att bli först med informationen till allmänheten. I dagens moderna samhälle med Internet och smartphones fanns det ingen tid att förlora om man arbetade med nyhetsrapportering, det visste Bengtsson. Han begrundade den sista reportern lämna salen med snabba steg, glad för att han inte valde det yrket för alla de åren sedan.

Det började bli mörkt utanför och Bengtsson visste att det skulle bli svårare att hitta spår som ledde till en gärningsman eller tilltänkt offer i takt med att staden sjönk in i den svarta kvällen. Hela eftermiddagen hade varit ett enda stressmoment och även om Bengtsson såg lugn ut på utsidan så kände han av tempot som han och hans kollegor haft de senaste timmarna. Han rafsade ihop sina papper och lämnade presskonferensen som siste person.

Omedvetet tog han klart snabbare steg ut från salen och ökade även på dem efter hand. Han joggade förbi hissen och rusade upp för trapporna utan att tänka på att hans kontor faktiskt låg på 7:e våningen. Det tog endast två våningar innan Bengtsson var tvungen att sakta ner stegen lite, andningen hade ökat oroväckande och benen värkte. De sista två våningarna släpade han sig fram, steg för steg, med sina kraftiga händer på räcket. Det var varken första eller sista gången han blev påmind om att han borde göra något åt sin kondition.

Bengtsson lyckades inom sinom tid ta sig till sitt kontor där han utmattad stängde dörren bakom sig. Kavajen hängde han på besöksstolen och han klev runt skrivbordet där han sjönk ner i sin stol med en djup suck. Han visste att det snart var dags ett uppföljningsmöte med övriga poliser som arbetade med fallet men han behövde samtidigt några minuter för sig själv. Narkotika-relaterade brott skapade alltid en klump i halsen på Bengtsson sedan det där som hände i Göteborg för nästan 6 år sedan. Han var förvisso en mycket erfaren polis och sett mycket skit under åren men just droger rev upp gamla sår, fick honom att tänka tillbaka på Anita och att hennes förövare fortfarande gick fria någonstans. Hans kropp slappnade av, axlarna sjönk ner och hans tankar förde honom tillbaka till dagarna efter mordet på Anita.

Kriminalinspektör Bengtsson samt en större styrka från Göteborgs poliskår hade tillbringat de efterföljande dagarna i Mölndal utan att bli klokare på vad som hade hänt. Det fanns inga spår i lägenheten eller i området som kunde ge ytterligare ledtrådar till vem som tog livet av Anita. Avrättningen var kliniskt utförd och polisen hade misstänkt att förövarna hade iscensatt lägenheten så att det skulle se ut som om några simpla inbrottstjuvar blivit påkomna i färden med att stjäla smycken, pengar och elektroniska prylar. Allt för att missleda och inte dra uppmärksamheten till den mer professionella, grova brottsligheten. Allt för att det hemska brottet skulle falla i glömska efter en jakt som inte skulle leda någonstans.

Polisen hade famlat i mörkret, bokstavligen. Inga grannar hade sett något, inga spår varken inomhus eller utomhus och polisens informatörer hade inget nyttigt att komma med alls. Frustrationen hade stigit dag för dag för Bengtsson, som trots sin inblandning med offret fick fortsätta att arbeta med utredningen. Dagarna blev veckor, veckor blev månader och fallet fick allt mindre resurser trots att Bengtssons vilja att hitta förövarna aldrig hade minskat. Göteborgspolisens resurser var trots allt inte oändliga och många andra fall behövde fokus. Detta gjorde honom än mer frustrerad och hans humör blev allt mer polariserat vilket många i hans omgivning fick erfara. Den annars så lugna och metodiska Kriminalinspektören hade börjat vackla och inte ens hans vänner i poliskåren kände stundtals igen honom.

En kväll hade Bengtsson misshandlat en misstänkt i rent raseri över att förhöret inte tagit de vändningar som han hade velat. Det hela hade blivit en riktig snackis på polis-huset och hans vän, Kriminalkommissarie Martin Lövgren, hade blivit tvungen att stänga av Bengtsson från fallet under en tid. Skulle man följt praxis så hade Bengtsson inte ens fått arbeta med fallet från första början men alla såg mellan fingrarna här då de tyckte synd om honom. Efter misshandeln var det inte lika lätt för ledningen att tillåta Bengtsson att få vara aktiv i utredningen av mordet på hans sambo.

Någonstans inom sig hade Bengtsson vetat att ledningen gjorde det enda rätta men han tog ändå avstängningen hårt. Tillsammans med det faktum att polisen inte hade kommit längre efter två månaders utredning hade fått Bengtsson att ta till flaskan. Han drack för att döva sin saknad, sin frustration. Till en början hade det varit ett glas whiskey innan läggdag för att kunna sova, kanske även några glas rött. Efter hand hade det ökat till en flaska rött och flera glas whiskey. Han hade börjat dricka tidigare på dagarna och spenderat fler dagar i soffan i lägenheten än på polishuset, platsen som trots allt fortfarande var hans arbetsplats. Bengtsson hade alltid varit lite av en arbetsnarkoman och hade få riktiga vänner. Det var ingen gynnsam situation för en man vars liv precis hade slagits i spillror.

Efter ett antal dagar i morgonrock och lika många flaskor whiskey vaknade Bengtsson upp till ett surrande ljud. Han hade lagt telefonen på laddning, stängt av ljudet och glömt bort den. Högst troligen var det inte första gången som telefonen hade ringt sedan den hamnade på laddning men då han antingen varit för full eller extremt bakfull hade han inte märkt något. Han hade inte heller varit på så särskilt bra humör för att prata med någon. Denna gång var det svårare att ignorera telefonen, han hade somnat bara några decimetrar från telefonen och telefonen slutade inte ringa hur gärna han än ville.

Bengtsson sträckte sin hand efter telefonen och lyckades i samma veva välta ner en mindre lampa samt askfatet med fimpar från två paket John Silver som han hade rökt i lägenheten senaste dagarna. Displayen i hans Sony Ericsson T610 var tom vilket hade betytt ett anonymt nummer. Han stirrade på telefonen i ett antal sekunder, det var som om hans enda två vakna hjärnceller utkämpade en dragkamp om vad som skulle hända. En del av honom ville svara, en annan ville bara somna om. Han beslöt sig för att svara och fick fram ett väsande ljud.

- Ja... det... det är Bengtsson.

Rösten på andra sidan var ljus och pigg.

- Jag vet vem som gjorde det... Vem som dödade din bitch.

Bengtsson ställde sig upp från soffan så häftigt att han slog ner i stort sett allt annat som inte redan låg på golvet sedan tidigare. Hans andning blev genast tung och häftig, på gränsen till upphetsande. Trots en relativt dålig telefon-förbindelse förstod han varenda ord som sades.

- Va? Vem? Säg mig... vem? Varför?

Det blev tyst i några sekunder och Bengtsson blev orolig att samtalet hade brutits.

- Jag har inget intresse i detta men gillar inte idioterna som gjorde det. Helt jävla sjukt att ta död på oskyldiga. De har alltid varit svin... Försöker skaffa sig makt genom att skrämmas, jävla typer.

Bengtssons hjärta höll på att hoppa ur bröstkorgen och han upprepade.

- Vem? Snälla, du måste ge mig en ledtråd.

- De kör motorcykel, använde sig av en torped. Resten får du lista ut lite själv.

Samtalet bröts och Bengtsson stod kvar med telefonen mot örat i vad som kändes som flera minuter. Han hade äntligen ett tips, något vagt men ändå... ett tips.

Bengtsson vaknade ur sina tankar av att någon bankade på hans dörr. Det hade gått en halvtimme sedan han började tänka på dagarna efter mordet på Anita och han var försenad till uppföljningsmötet med de andra i gruppen. Han ropade med sömndrucken röst att personen på andra sidan dörren skulle kliva in. Dörren öppnades och det var Trond som stod där i dörröppningen i sin fulla längd, nästan så att han slog huvudet i dörrkarmen.

- Hej chefen, det är dags. Grabbarna är samlade och väntar på dig.

Bengtsson nickade och ägnade några sekunder åt att försöka ta sig ur fåtöljen på ett sätt som inte såg komiskt ut. Med tanke på Tronds leende hade han inte lyckats så väl men han kände att han kunde bjuda på den. Han kunde även själv kosta på sig ett leende medan han tog på sig kavajen och följde sin högresta kollega ut i korridoren.

Vid denna tidpunkten fanns det 12 personer som arbetade med fallet, 10 av dem var kvar i huset varav han själv och Trond var två av dem. De övriga 8 poliserna hade samlats i ett av de större konferensrummen som fanns på 7:e våningen. Bengtsson kunde se dem på långt avstånd genom glasrutorna och såg även den febrila aktivitet som fanns i rummet. Klockan var efter ordinarie arbetstid och det skulle bli en hel del övertid, både för Bengtsson och en hel del av poliserna som fanns i konferensrummet. Det handlade om att försöka agera så fort som möjligt innan spåren svalnade, det visste han av erfarenhet.

Det blev tyst i rummet när Bengtsson med Trond i släptåg klev in. Alla runt bordet vände blickarna mot dem och de tog plats på vardera kortsida av bordet. Bengtsson hade fått med sig sammanfattningen från presskonferensen och tog en snabb titt i papperna innan han lyfte blicken mot sina medarbetare.

- Hej, bra att ni kunde komma allihopa. Tiden är knapp och vi måste agera snabbt men samtidigt även göra rätt saker. Det hoppas jag att ni förstår. Jag vill veta var vi står med att hitta personen som fanns i lägenheten. Även var vi står angående information om den misstänkta Passaten och en eventuell gärningsman. Vem vill börja?

En medelåders man med blond kalufs tog ton, det var Politibetjent Petter Axelson. Han var den polis i fallet med längst erfarenhet och hade arbetat som polis i Bergen i många år. Hade det inte varit som så att han fullständigt saknade ambitioner kunde han haft Bengtssons jobb vid detta laget, åtminstone inbillade Bengtsson sig detta.

- Vi har inga träffar på den röda Passaten men fortsätter leta. Personen i lägenheten är identifierad och vi har lyst honom. Han heter Konrad Nielsen och är 28 år, bott i lägenheten senaste året. Han finns i våra register sedan tidigare, narkotikainnehav. Langar men inga större mängder.

Bengtsson hade redan fått viss information av Trond under promenaden till konferensrummet men behövde mer svar.

- Kan det varit en knarkuppgörelse?

De övriga runt bordet tittade på Petter som lite tveksamt kände sig manad att fortsätta.

- Vi har ständigt kontakt med grabbarna på avdelning 4 i fallet och det är troligt att knark kan varit inblandat. Enligt dem hade denna Konrad sysslat med försäljning så vi har utökat spaningen på potentiella gärningsmän inom den sektorn. Än så länge har vi varken hittat Konrad eller fått napp på vad som kan ha hänt men vi fortsätter leta. Samtliga patruller på stan har Konrads signalement och grabbarna på avdelning 4 har aktiverat sina informatörer.

Bengtson var inte så nöjd med att de inte hade kommit närmare en lösning under hela eftermiddagen men visste samtidigt att sådana här saker kunde ta tid. Det gällde att fortsätta arbeta metodiskt tänkte han, samtidigt som han inte ville visa sin besvikelse inför sina mannar och skapa onödig stress.

- Okej, bra jobbat. Klockan är nu nästan 18 och vi har några av er som skulle slutat för dagen. Det kommer resurser som kan ta över men vill ni fortsätta så är det okej med mig. Jag godkänner övertiden.

Gruppen som arbetade fallet stod under Bengtssons ledning och han var övertygad om att deras arbete skulle ge frukt när som helst. Han gjöt mod i grabbarna genom att prata om andra framgångsrika fall och mötet var över på 20 minuter. Bengtsson passade på att sitta kvar i konferensrummet medan de övriga männen hastigt återgick till sina arbetsuppgifter. Trots Odd-Arnes negativa inställning tyckte Bengtsson att han och hans mannar var alldeles utmärkta på att lösa brott och han var övertygad om att de skulle lösa även detta fallet.

Kapitel 6

Göteborgs hamn låg mörk och hotfull, det svarta vattnet studsade mot några båtar. Vice president Patrick Larsson stod lutad mot sin Harley Davidson med en cigarett i munnen. Ett djupt halsbloss fyllde lungorna med rök. Han hade sällskap av sin barndomskamrat och klubbens President; Jörgen Gustavsson. Motorcykelklubben Chosen Ones skulle snart göra den största knarkaffären de någonsin hade gjort och båda var lika mycket nervösa som förväntansfulla. I en båt från Norge fanns 20 kg kokain som var avsett för deras marknad. I rena pengar på gatan rörde det sig om ca 8 miljoner kronor. Klubben fick 25 % rabatt på inköpet och skulle alltså tjäna två miljoner kronor på dealen, pengar som de normalt behövde arbeta länge för att få ihop.

Patrick släckte sin cigarett och knäppte skinnjackan under västen.

- Nu får de fan ta och komma, det är svinkallt här.

- Lugn, de kommer. De har aldrig gjort oss besvikna så här långt, sa Jörgen med en självsäker röst.

Patrick bar på en ryggsäck med 6 miljoner kronor i kontanter, bara den saken fick hans nerver att befinna sig utanpå västen. Rent praktiskt rörde sig om ca 10-12 kg så vikten var inget som bekymrade honom. Han spanade ständigt på omgivningen och var, trots sin gedigna erfarenhet inom den kriminella banan, nervös inför uppgörelsen. Detta var en olustig känsla för en kille som många ansåg sakna nerver fullständigt.

- Det är lätt för dig att säga, det är inte du som bär runt på en helvetes massa cash.

- Tyst ditt pucko, vill du att hela hamnen skall höra?

Jörgen var märkbart irriterad på sin bästa vän och under en längre stund bara tittade de på varandra, som inför en revolverduell från en gammal klassisk westernfilm. Tiden gick, ingen släppte den andra med blicken. Plötsligt flyttades fokuset och de blev på helspänn. De hörde något, något som skramlade. Patrick sträckte sig efter sin pistol och Jörgen likaså, de lät pistolen vara kvar i hölstret men högerhanden höll kolven i ett fast grepp... Redo för att slitas fram och avfyras.

Det fortsatte skramla och de lokaliserade ljudet till en container en bit ifrån dem. Det var en uteliggare som letade flaskor i en närliggande soptunna och faran blåstes över. De spända kropparna slappnade av för en stund och de släppte taget om sina vapen. De tittade tillbaka på varandra och brast ut i skratt.

- Haha, fy fan alltså... shit, all cash gör att man är helt jävla nojig.

- Haha, ja... var bara lugn Patrick, det kommer gå bra det här...

Patrick tände ytterligare en cigarett och började samtidigt röra sig i cirklar där de hade parkerat sina motorcyklar. Det var 15 år sedan de startade klubben och mycket hade hänt. Han hade skaffat sig en flickvän och de hade ett barn på väg. Det fick honom att fundera på hur det här livet med knark, sprit, horor och utpressning skulle kombineras med en egen familj. Om det överhuvudtaget var möjligt. Han hade i alla år sett klubben som sin enda familj och det var han inte ensam om. De allra flesta inom klubben saknade egen familj, åtminstone om man räknar in små barn i den ekvationen. En hel del flickvänner fanns ju men de byttes snabbt ut i takt med att medlemmarna tröttnade på dem.

Ingen i klubben visste om att Patricks flickvän Lisa var gravid. Inte ens Jörgen, hans bästa vän, visste. Patrick hade tänkt berätta men det hade liksom aldrig riktigt blivit ett bra läge att göra det. Nu hade det gått 4 månader och graviditeten syntes på Lisa som annars var väldigt smal. De hade bestämt att Lisa skulle hålla sig borta från klubben innan Patrick hade funderat klart och även pratat med Jörgen och några andra nyckelpersoner inom klubben.

Cigaretten var slut och Patrick släckte den med sina grova boots mot den grå kullerstenen. I samma ögonblick hörde han motorljud, först lågmält men nu allt starkare. Turkarna var på väg in. Han tittade på Jörgen och de nickade synkroniserat mot varandra, nu var det dags. De gick gemensamt ner mot den lila stenbryggan som låg i stort sett i totalt mörker. Det var en perfekt plats att genomföra en illegal transaktion då insynen var minimal. Straffet för att åka fast med 20 kilo kokain var livstid och varken Jörgen eller Patrick hade planer på att tillbringa resten av livet i fängelse.

En större, ljusgrå motorbåt av märket Bavaria gled sakta in mot bryggan. Patrick såg en mörk gestalt vid rodret. Han kunde inte se vem det var, bara att personen såg ut att vara lite kortare än medellängd och hade en mörk mössa neddragen över öronen. Det var inte första gången som Patrick var med vid leveranser men i normala fall rörde det sig om något enstaka kilo. Magnituden av denna affär fick hans puls att öka. Båten styrdes med till synes vana händer in mot bryggan och den mörka gestalten kastade över en tamp som landade på Patricks fötter. Han förstod genast tanken att båten skulle angöras mot bryggan. Medan Patrick snurrade tampen runt kring den kraftiga, gjutna stolpen på bryggan såg han i ögonvrån att Jörgen klev in på båten och tog den mörka gestalten i handen.

Då uppgiften med att förankra båten hade fallit på Patrick äntrade han båten någon minut efter sin vän. Han gick fram till fören där Jörgen stod och pratade med mannen i mössan.

De tystnade när Patrick kom fram, tittade på honom en stund och sedan nickade. Som om han blev godkänd inför en ritual. Patrick kände inte igen mannen vid rodret. Turkarna använde förvisso inte alltid samma kurirer på resorna men genom åren hade Patrick träffat några av dem flera gånger. Han fick alltid en olustig känsla när han skulle göra affärer med människor han aldrig hade träffat innan. Patrick var övertygad om att kriminella på denna nivån inte gjorde affärer av ren vänskap, allt handlade om pengar och inget liv var speciellt mycket värt när det kom till kritan.

- Har ni stålarna med er? Väste den okända kuriren med en låg röst medan han lät blicken glida runt i omgivningen för att säkerställa att de inte var skuggade.

Jörgen bestämde sig för att föra snacket.

- Ja, 6 millar.... som bestämt. Hur gör vi? Var är varorna?

Mannen i mössan spände ögonen i Jörgen, som om han hade sagt något fel.

- Vi gör som vi allltid har gjort. En av er går ner, lämnar ryggsäcken med pengarna hos mannen i kabyssen och sedan får ni en likadan ryggsäck i retur med godiset. Så fort jag får ett okej från min kompanjon så får ni lämna båten. Minsta strul och ni blir mat till krabborna, förstått?

Nu var inte detta första gången Patrick gjorde knark-affärer i hamnen eller för den delen gjorde affärer med Turkarna men det var något speciellt med denna okända man i mössan som fick honom att känna obehag. Patrick tog dock mod till sig och ruskade till sin ryggsäck i ett demonstrativt sätt för att visa att han hade klubbens del av affären.

- Allt är här, jag går ner.

Jörgen följde honom med blicken nedför de små stegen in i kabyssen på båten. Mannen i mössan var tyst, han tittade med skarp blick in mot land. Blicken vandrade sakta med säkert över den närmsta omgivningen. Jörgen insåg att det här var en man som var väldigt mån om att inte åka fast, ett kontrollfreak. En jävel att se upp med helt enkelt.

Patrick, som var en stor man, fick huka sig ordentligt för att få plats ner för trappan och i kabyssen. Han var ingen båtmänniska, gillade inte ens havet men det var Turkarna som dikterade villkoren. Vid ett litet bord mitt i det trånga utrymmet satt en flintskallig äldre man. Han hade följt Patrick med blicken sedan första trappsteget och pekade på bordet. Inte ett ord utväxlades, syftet var glasklart. Han ville att Patrick skulle lämna väskan så att han kunde räkna pengarna.

Patrick krängde av sig den svarta ryggsäcken av märket Haglöfs och placerade den på bordet. Den äldre mannen öppnade ryggsäcken och började sakta men säkert plocka ut buntarna med pengar medan han räknade tyst för sig själv. Patrick kunde inte göra annat än att vänta. Med oförminskad takt blev högen med pengar på bordet större och större, tills ryggsäcken var helt tom. Då stannade den äldre mannen upp för en stund, begrundade högen och fortsatte sedan lägga tillbaka dem i ryggsäcken igen. När alla buntar var tillbaka i ryggsäcken sköt mannen igen blixtlåset och flyttade ner väskan under bordet. Han vände sig mot Patrick och pekade på ett skåp i sidan på det lilla rummet, fortfarande utan att säga ett ord.

Patrick förstod snabbt att det var i just det utpekade skåpet som han skulle finna den andra ryggsäcken med kokainet. Han gick de få stegen till skåpet och öppnade försiktigt. Där inne stod en svart Haglöf ryggsäck av samma modell som han själv hade överlämnat till den flintskallige mannen. Han sträckte sig efter ryggsäcken och lyfte ut den. Det kändes att det fanns en hel del innehåll men Patrick var en stark man och hade inga stora problem med att lyfta ut 20 kg ryggsäck med en arm. Han satte ner den på golvet och öppnade för att inspektera. I ryggsäcken fanns ett större antal gråa paket, konstigt nog fick han det till 24 paket när han räknade.

Han tog upp ett paket och stack ner handen i höger ficka

på västen där hans kniv alltid fanns. Ett litet snitt i paketet och sedan avsmakning med fingret räckte för att bli övertygad om att kokainet höll yppersta klass. Han förslöt ryggsäcken igen, svängde runt den på ryggen och stängde försiktigt skåpet igen. Patrick kunde inte förstå varför det fanns 4 extra kilo kokain i ryggsäcken men om Turkarna hade räknat fel så var det deras problem tänkte han.

Patrick nickade åt den gamla mannen, hukade sig och började klättringen upp till fören igen. Han stannade till precis efter trappan och sträckte på ryggen, den låga höjden hade fått honom att stå mer eller mindre hukad hela tiden. Han kände sig stel.

De andra männen tittade på Patrick medan han stod och sträckte på sig, ingen sa något. Jörgen log finurligt åt Patricks gymnastiska övningar. Efter några hemmagjorda stretch-övningar så kände Patrick sig som en hel man igen. Han log tillbaka, provsmakningen av kokainet hade även börjat göra sitt.

- Så, nu är jag fan redo för allt.

Mannen i mössan sneglade ner mot kabyssen, fick syn på den äldre mannen som gått upp några trappsteg och nu visade tummen upp. Han vände sig mot de båda motorcyklisterna och pratade med samma låga tonfall som hade gjort tidigare.

- Kasta in tampen och stick nu för fan. Vi hör snart av oss.

Varken Jörgen eller Patrick hade några planer att vara kvar på båten längre än nödvändigt så nu var det högsta prioritet att komma hem så fort som möjligt med kokainet. De klev av båten med raska steg, tampen lossades på några sekunder och inom 30 sekunder satt de på sina motorcyklar på väg hem till Hisingen med knark värt många sköna miljoner i en svart ryggsäck av märket Haglöf.

Färden mot klubbhuset gjordes i laglig fart, normalt sett inget de brukade bry sig om men de ville definitivt inte bli stoppade av polisen just idag. Klockan var sent på måndagskvällen och de var så gott som ensamma på Göteborgs vägar. För att undvika att bli stoppade valde de att plocka av sig västarna och lägga ner dem i ryggsäcken. De såg ut som två helt vanliga snubbar som gillade att köra motorcykel en sen måndagskväll.

Det tog 15 minuter att komma ut till klubblokalen och först när han stängde av motorn utanför klubblokalen kände sig Patrick säker. Han hade nu en familj att ta hänsyn till och även om han hade stor erfarenhet av knarkaffärer så kände han sig extra lättad när de kom fram.

- Puh, äntligen hemma... utbrast Patrick medan han svängde ut stödjebenet på sin motorcykel. Han tittade på Jörgen och tyckte sig se samma lättade min hos honom.

- Ja, det är en stor jävla deal. Satan om den hade gått åt helvete. Hur va laddet?

- Det smakade precis som vanligt, hög kvalitet. Vi kan säkert spä ut det lite och tjäna en halv miljon till.

Jörgen gick förbi Patrick och la armen om honom.

- Fy fan, det här blir bra kompis.

Patrick log men bakom leendet fanns en inneboende känsla av ångest. Han hade inte berättat för någon om Lisas graviditet och kände sig tvungen att ta upp det med Jörgen. De hade varit kamrater i många år och han hoppades att sin gamla vän skulle förstå. De hade rört sig i den kriminella banan under många år nu. Patrick och Lisa hade pratat och bestämt sig för att det inte var en bra miljö att uppfostra ett barn. På något sätt skulle Patrick ta sig ur det, exakt hur visste han inte men han hade en plan.

- Du... jag behöver snacka med dig om en sak. En privat sak.

- För fan Patrick, nu är det inte läge att prata allvar. Det är fest, vi måste ju testa skiten med grabbarna.

De gick in klubbhuset, fortfarande med armarna runt varandra, som två förälskade personer. Inne i lokalen fanns det en handfull andra människor som började applådera när de kom in i rummet. Jörgen skrek till i ett triumferande läte.

- Tjohooooo, nu jävlar är det fest grabbar...

Patrick smög in i rummet, höll en låg profil. Utan att ta av sig ryggsäcken avvek han mot en annan del av fastigheten. Han kände inte att det var lämpligt att lägga upp ladd för 7-8 miljoner på bordet i lokalen. Dessutom var ingen annan än han och Jörgen insatta i hur stort partiet egentligen var. Han kände dessutom sig lite som en svikare när resten av medlemmarna inte alltid visste vad som var på gång men samtidigt så intalade han sig själv att det var för deras egen och klubbens säkerhet.

I ett av de närliggande rummen hade klubben sitt kontor. Det var inte så propert inrett. Ett gammalt skrivbord, en ranglig stol, en stationär dator och en bordslampa fick räcka som interiör tyckte Jörgen. Det var oftast han som satt där inne och betalade räkningar, räknade pengar från de illegala marknaderna och packade knarket. Ett stort kassaskåp med kombinationslås stod fastnaglad i golvet bredvid skrivbordet. Patrick var den enda förutom presidenten själv som kunde kombinationen. De hade för ett antal år sedan haft problem med infiltrerande medlemmar, personer som varit poliser under täckmantel eller tillhört andra kriminella gäng. De hade dock kommit ur situationen med hedern och livet i behåll så numera var de väldigt försiktiga med vilka medlemmar som togs med och i vilket sällskap de umgicks med.

Patrick gick fram till skåpet och slog in den 8-siffriga koden, skåpet gav ifrån sig ett pip och han hörde hur låset öppnades. Den tunga dörren gled upp en knapp centimeter, precis så mycket så att han fick in fingrarna emellan. Patrick var noga med att aldrig använda handtaget och alltid ha handskar på för att förhindra att polisen skulle få en tag på fingeravtryck och kunna knyta innehållet till honom. Jörgen var inte lika noggrann och det var otaliga gånger som Patrick hade påpekat detta för honom utan framgång. Presidenten går under med klubben brukade Jörgen säga med ett flin. Patrick var givetvis fullt dedikerad till klubben men inte fan hade han tänkt sig gå under om han kunde bestämma, speciellt inte nu med en ny familjemedlem på gång och ljusa framtidsplaner.

Patrick öppnade skåpet på vid gavel och blickade in i det stora valvet som han brukade kalla det. Han såg på ett ungefär vad han brukade se de gånger han hade öppnat skåpet; diverse papper, pengar samt en mindre mängd kokain. Nu blev det en rejäl påfyllning tänkte Patrick medan han lastade ur 24 paket på vardera 1 kg från ryggsäcken.

Jörgen var bara några meter bakom Patrick och kom ikapp när Patrick hade börjat utlastningen av knarket. Patrick stoppade inlastningen av knarket, vände sig om mot sin vän samtidigt som hans ögon säkerställde att inte någon annan hörde.

- Du, väskan innehöll 24 paket. Det är 4 för mycket, har idioterna räknat fel?

Jörgen stängde försiktigt dörren till kontoret om om han hade något viktigt att säga.

- Hrm, inte direkt. Jag gjorde en sista-minuten-ändring. Fick möjlighet att ta 4 kg på krita, mot att vi betalar 1 miljon till dem inom 48 timmar Det borde vi lätt fixa, då tjänar vi nästan en miljon till på dealen. Vi kör ut laddet till de som köper mest och kränger det redan i morgon. Seså, upp med hakan. Inte varje dag man tjänar en lätt miljon.

Patrick fick en olustig känsla kring ändringar i redan uppgjorda planer även om han tidigt hade misstänkt uppgörelsen, han litade på sin vän. Om det var någon som hade koll på ekonomin och klubbens möjligheter att kränga 4 kg knark på några dagar så var det Jörgen. Patrick fortsatte med att packa upp och lasta in resten av knarket i kassaskåpet. Innan han stängde så förberedde han festen genom att öppna upp ett paket. Han hällde ut gissningsvis 20-30 gram kokain på ett fat, slöt sedan paketet igen och stoppade in det i skåpet. Jörgen stod bara och flinade, redo för en ordentlig test med sina vänner.

De båda vännerna klev tillsammans ut ur kontoret och hörde tydligt rösterna i lokalen, de var fortfarande högljudda och glada. Patrick försökte sluta tänka på Lisa och deras situation, ville inte att andra skulle misstänka något. Med kokain-fatet i handen gled han in i lokalen som om han vore en kypare på en fin restaurang. Jörgen följde någon meter efter honom.

- Så grabbar, hugg i. Här kommer det fetaste laddet på silverfat.

Jublet visste inga gränser och samtliga medlemmar sträckte armarna i skyn i ren eufori. Patrick satte ner fatet precis framför näsan på Micke som log som ett barn på julafton. Klubbens nyaste medlem började genast att förbereda en rejäl lina och rullade en hundralapp. Han stack rullen halvvägs upp i näsan och drog i sig en rejäl dos, han upprepade proceduren med andra näsborren och kastade sedan sig tillbaka i soffan till vilt jubel från de övriga förväntansfulla medlemmarna. Micke blundade och huvudet lutades bakåt, han njöt för fullt.

- Satan, vilket jävla dunder-ladd alltså.

Medan fatet gick runt bland de övriga medlemmarna i klubben såg Patrick sin chans att få prata med Jörgen. Han gick fram till honom och viskade.

- Du, kan jag få prata med dig?

Jörgen såg honom i ögonen och insåg att det var viktigt då det var andra gången på kort tid han fick samma fråga.

- Visst, vi går in på kontoret igen.

De båda vännerna klev återigen in i det mörka rummet. Jörgen var först in i rummet. Han satte sig i stolen, tände bordslampan och vände sig mot sin vän med armarna i kors. Hela kroppsspråket visade tydligt att han väntade på vad Patrick hade att säga. Patrick stängde dörren efter att kontrollerat så att ingen befann sig strax utanför. Jörgen iakttog honom med en vid detta laget lite bekymrad min.

- Vad är det med dig? Du verkar helt jävla paranoid.

Patrick hade inte riktigt förberett sig men då han inte visste hur Jörgen skulle reagera så var det bättre att börja och se var det tar vägen. Han hittade inget sätt att linda in det utan körde med öppna kort redan från början. Orden som kom ur hans mun var lågmälda och hade en sorgsen underton.

- Jag vill ut...

Tre ord. Jörgen bara tittade på honom. Det var knäpptyst i rummet. Patrick stod blickstilla och såg ut som en liten skolpojke som blivit inkallad till rektorn. Jörgens andning ökade, han började skruva på sig i stolen.

- Va? Men för helvete... Patrick... Fan... Betyder det vad jag tror att det gör?

Patrick misstänkte att hans vän skulle bli förbannad. De hade ju trots allt startat klubben tillsammans och hade under årens lopp gjort massor av saker som band dem hårt till varandra. De visste saker om varandra, saker om klubben och dess verksamhet. Det var ingen klubb som man bara lämnade, speciellt inte som vice president. Patrick var inte ens säker på om han själv skulle få den typ av straff som en vanlig medlem brukade få om man ville lämna klubben. Han hade själv varit med om att slipa bort tatueringar med vinkelslip och misshandla före detta medlemmar grovt.

Patrick hade dock bestämt sig och var beredd att ta sitt straff men hade samtidigt flera hållhakar på klubben och hans vän. I sin fantasi och förberedande tankar trodde han att det skulle göra att han klarade sig lite lindrigare undan än om en vanlig medlem skulle lämna.

- För fan Patrick, menar du att du skall lägga av? Nu? Helvete, jag behöver dig här, vi har ju för fan precis gjort vår största deal någonsin. Hur fan skall jag rodda detta med laddet helt själv?

Patrick kunde inte längre stå still, han vandrade runt så

mycket det gick i det lilla rummet. Han kände en skam, som om han svek klubben och sin bäste vän men detta var inget de kom på för någon dag sedan. Under en längre tid hade tankarna handlat om sin framtid, framtiden med Lisa och ett försök att leva ett liv utanför den kriminella banan.

- Lisa är gravid, vi har bestämt oss för att satsa. Jag vill lämna detta livet bakom mig. Enda sättet är att lämna klubben, det måste du förstå. Fan, snälla. Försök förstå.

Jörgen mumlade samma sak om och om igen. Han kunde inte förstå... han ville inte förstå. Han var så frustrerad att han inte längre kunde sitta still på stolen. Jörgen började också vandra runt och det tog inte lång tid innan deras väg möttes mitt i rummet. Han tog tag i överarmarna på Patrick, spände ögonen i honom i ett försök att vara övertydlig om hur viktig hans åsikt var.

- Du får fan inte lämna, jag behöver dig.

Presidentens röstläge var nu skarpt, Patrick uppfattade det snarare som ett hot än en vänlig uppmaning vänner emellan. Det var inte så att han var fysiskt rädd för sin vän, Patrick var klart större och de tidigare gånger de bråkat hade han lätt klarat av honom. Den här gången kändes det dock annorlunda, han visste inte riktigt vad en pressad Jörgen var kapabel till. Han kände på sig att de inte kom längre den här gången, ville ge Jörgen tid att tänka.

- Du, jag drar nu. Snälla, försök se saken från min synvinkel. Vi har haft en fin resa, nu börjar en annan resa i mitt liv.

Patrick lämnade sin kamrat och gick ut ur rummet. Hans blick var riktad mot golvet när han nästan ljudlöst smet förbi klubbmedlemmarna som fortfarande skrålade med ölen och turades om att ha näsan i fatet med kokainet. Han gick raka vägen ut mot sin motorcykel, tittade aldrig bakåt. Bågen sladdade ut på grusvägen, ut mot större vägar och en annan framtid.

En känsla av stolthet blandades med en känsla av svek när

han gled fram i den mörka natten. Visste att han var tvungen. För Lisa... För deras ofödda barn... För att överleva...

Kapitel 7

Klockan hade blivit nästan 21:00 och de sista timmarna inte gett något mer än vad de redan visste. Inga gärningsmän var inringade och Bengtsson hade gått hem till lägenheten, en mindre tvåa på andra våningen på Lars Hilles gate. Lägenheten befanns sig ca 10 minuters gångväg från polishuset vilket innebar att han sällan tog bilen till jobbet. Han tyckte att han behövde motionen och skulle det behövas så fanns det fordon att låna vid snabba utryckningar. Lägenheten hade Bengtsson fått genom konstakter i polishuset, något som han ibland fick lite dåligt samvete för. Lägenheter för uthyrning mitt i Bergen var inte så lätta att få tag på och han kände att han gick före många i kön när han blev erbjuden den för några år sedan.

Bengtsson sparkade av sig sina skor innanför ytterdörren och gick raka vägen fram till soffan. Han var ordentligt utmattad . Kroppen sjönk omedelbart ner i den mjuka soffan och han passade på att blunda en stund. Kroppen behövde vila men huvudet var fortfarande i spinn. Han försökte tänka på annat än det som hände just nu och minnena tog honom tillbaka till tiden precis innan han flyttade till Bergen.

Vintern 2004, det var gott om snö på marken i Göteborg och fallet med Anita hade gått trögt under en längre tid.

Efter det anonyma samtalet hade Bengtsson samlat ny kraft och riktat in sig på motorcykelklubbarna i Göteborg med omnejd. Han var förvisso officiellt avstängd från fallet men det var inget som hindrade honom från att göra egna undersökningar. Det fanns ett stort antal motorcykelklubbar i väst-Sverige vid denna tiden. Allt från de mer kända Hells Angels MC, Original Gangsters och X-team Göteborg, senare fullvärdiga medlemmar i Bandidos, till mindre klubbar vilka ofta var hangarounds eller sympatiserade med någon av de stora.

Hells Angels hade sin klubblokal på Toltorpsgatan i Mölndal och dessa kände Bengtsson till väldigt väl. De hade utmärkt sig tidigt i sin etablering och polisen i Göteborg hade ofta med dem att göra. Hells Angels styrde vid denna tiden det mesta i Göteborgs undre värld, antingen själva eller genom sina hangarounds-klubbar som ofta var de som gjorde skitjobben. Under de första åren satte Hells Angels Göteborg i skräck genom att aggressivt ta marknadsandelar och knyta till sig supporter-klubbar. Polisen hade fullt upp och som kriminalinspektör var Bengtsson ofta iblandad på ett eller annat sätt.

Bengtsson var övertygad om att det inte var huvudklubben som genomförde skjutningen av Anita, åtminstone inte direkt utan snarare via någon klubb som gick deras ärenden. Det var inte enkelt att få reda på information då dessa typer av människor inte gärna pratade med polisen och det var även svårt att infiltrera klubbarna. De var misstänksamma av naturen och litade knappt ens på varandra.

Knarket i allmänhet och motorcykelklubbarna i synnerhet hade tidigt hamnat i polisens intresse efter mordet på Anita. Veckorna efter skjutningen intensifierade polisen sina insatser mot just motorcykel-klubbarna och det gjordes mängder av besök på klubbarna i hopp om att finna något som kunde binda dem till skjutningen. Man hittade ofta vapen och knark men kom sällan längre än att någon sate i klubben fick ta skulden och någon månad i fängelse. Det gjorde att polisen relativt tidigt avfärdade motorcykel-klubbarna som potentiella förövare. Man hittade helt enkelt inget som kunde binda dem till mordet.

Bengtsson, som hade fått ny energi i och med det anonyma tipset, körde outtröttligt på under sommaren men utan poliskårens resurser mötte han ganska snabbt nya återvänds-gränder i sin jakt på mördaren. Frustrationen över att fallet inte gick framåt tog på hans humör och Bengtsson drevs återigen in i en depression. Han började ta ångest-dämpande medicin men de hjälpte inte så bra. Visst fick han sin sömn men tankarna var hela tiden mörka och många.

Bengtsson drack inte speciellt mycket i normala fall men under sin avstängning började han hänga oftare på pubarna i Göteborg. Han tänkte att det var ett bra ställe att försöka hitta information på men även spriten dämpade hans ångest om än tillfälligt. Vardagar och helger spenderades på olika pubar och Bengtsson blev snabbt ett känt ansikte. Efter ett tag började han dagarna med flytande frukost och inte sällan var han full innan de flesta andra käkade sin lunch.

Detta fick givetvis konsekvenser och han kom aldrig riktigt tillbaka efter sin avstängning. Hans vän och kollega, Kriminalkommissarie Martin Lövgren, försvarade honom i de samtal som började när Bengtsson kom tillbaka till sin tjänst påverkad av alkohol. Det var illa när en polis drack i tjänsten och extra illa är det när det rörde sig om en position som Kriminalinspektör. Efter ett antal infekterade samtal kom de överens om att Bengtsson skulle ta ut en månads semester och regelbundet besöka en psykolog för att få rätt på sina problem.

Samtalen med psykologen gick till en början bra, åtminstone tyckte Bengtsson det, men hans problem med spriten försvann inte över en natt. Han hade fått lova att sluta helt och även besöka Anonyma Alkoholister men Bengtsson problem var att han egentligen inte tyckte att han hade ett problem. Han hade besökt AA en gång men direkt känt att han inte var som de andra. Jag vet att jag kan sluta, hade Bengtsson tänkt och lämnat mötet i förtid. Något som skulle visa sig vara ett misstag.

Resten av hösten flöt på i samma takt och när julen hade stått för dörren var det riktigt illa ställt med Bengtsson. Han hade inte jobbat på flera månader och var på väg att bli en alkoholist på heltid. Pengarna började tryta och han drog sig undan allt mer. Under sina nyktra stunder var hans depression som värst och han visste inombords att något var tvunget att hända, annars kunde det gå riktigt illa.

Bengtsson sa upp sig från jobbet och planerade en flytt, en flytt till ett ställe där han kunde börja om. Född och uppväxt i en storstad gjorde att han hade svårt att tänka sig ett liv i en mindre stad. Trots detta var det nog det bästa tänkte han.

Under en kväll hemma hos hans vän Martin Lövgren fick Bengtsson idén att flytta från Sverige. Martin hade arbetat ett tag i Norge och kunde ge honom en rekommendation. I och med Bengtssons lite brokiga bakgrund så var det svårt att hitta en liknande tjänst, risken fanns att han fick börja om men det var inget som Bengtsson hade något emot. Han var tvungen att få till en förändring och kunde mycket väl tänka sig en tjänst med lägre rang.

Några veckor efter diskussion med Martin fick Bengtsson ett brev från Polisen i Bergen. Han hade fått ett erbjudande om att börja som politibejent, den lägsta graden, i Bergen och hade två veckor på sig att fundera över erbjudandet. Bengtsson hade med stor möda lyckats hålla sig nykter i några veckor och behövde inte lång tid att fundera, han svarade i stort sett med vändande post att han accepterade erbjudandet. Detta skulle bli hans vändning i livet och genom att flytta var han övertygad om att han inte lika ofta påmindes om Anita, något som gjorde honom väldigt deprimerad och drev honom mot alkoholen. Det hela hade blivit en negativ spiral som han hade svårt att komma ur.

Den 22:a januari 2005 gick flyttlasset. Bengtsson ville ha så lite minnen som möjligt med sig och fick in allt i bilen utan att behöva släp eller andra hjälpmedel. Han var övertygad om att en fräsch start utan minnen från Anita och deras liv tillsammans skulle underlätta, något även hans psykolog höll med om.

Han körde hela vägen upp till Bergen och temperaturen sjönk för varje mil. Bengtsson gillade egentligen inte vintern, frösen som han var, men kände att flytten ändå skulle betyda mycket för honom och hans hälsa.

Bengtsson anlände till bergen sent en tisdagskväll. Han fick använda sin GPS i bilen för att hitta till lägenheten som hans vän hade hjälpt honom att fixa. Det var en liten lägenhet, en tvåa på ca 45kvm, men passade honom bra då han hade minimalt med saker med sig. Han skulle ju bara sova där, tänkte Bengtsson. Lägenheten låg i ett hyfsat attraktivt område, så mycket visste Bengtsson men han hade inte haft så mycket tid på sig att fixa något och var nöjd med valet. Man kan ju alltid flytta igen, tänkte han.

Första natten var hemsk, han hade varit så uppskruvad, velat haft alkohol men lyckats stålsätta sig. Det var trots allt snart dags för hans första dag på jobbet och att få problem med spriten igen var inte bästa sättet att imponera på sina nya kollegor. Han hade lagt sig i sängen redan vid 21-tiden och legat länge med blicken fäst i taket. Tankarna hade vandrat runt, Anita... Göteborg... hans framtid... Inte undra på att han inte kunnat somna.

Bengtsson hade vaknat en bit in på förmiddagen, det var onsdag. Han skulle börja på sitt nya jobb på torsdagen och hade således en dag till att komma i ordning på. Hans saker hade han redan flyttat in och då han hade så pass lite saker med sig så var allt redan i ordning. Inte en enda sak till köket kom med i flytten så frukosten fick intas ute på stan. I normala fall drack han frukost men det livet hade han nu lämnat bakom sig. Han tog en lång, het dusch och begav sig sedan ut i det okända. Bengtsson hade aldrig varit i Bergen tidigare och hade känt sig som en turist. Han hade planlöst gått runt innan han hade hittat en restaurang som hade öppet och serverade frukust.

Hans första dag i den nya hemstaden blev bra. Intrycken han hade fått var att Bergen trots allt inte var en så liten stad som han först hade trott utan bjöd på både fina utsikter, bra mat och en gemytlig stämning. Trots det kalla vädret blev han övertygad om att han skulle trivas här.

Plötsligt hörde Bengtsson en ilsken ton och han hade svårt att fokusera på vad som egentligen hände. Tankarna befann sig fortfarande ett antal år tillbaka i tiden men för varje signal som ljöds blev han mer och mer smärtsamt påmind om att det händer i nutid. Hans tankar från förr skingrades och han blev vaken på ett ögonblick, det var telefonen som ringde.

Lite sömndrucken fick han tag i telefonen och klickade på svara-symbolen. Han såg på nummerserien att det var ett samtal från polishuset.

- Mmm Bengtsson här. Harklade han fram.

- Hej chefen, vi har honom. Killen som bor i lägenheten.

Bengtsson satte sig genast upp i sängen, klarvaken.

- Bra, är... är han på polishuset?

- Ja, vi har honom i förvar Vi avvaktar förhöret till du kommer. Har du tid att komma in nu?

Bengtsson svarade instinktivt "ja" och rusade ut i hallen för att ta på sig ytterkläderna och skorna. De mer normala 10 minuternas väg till polishuset avverkades på 6 minuter, Han sprang i stort sett hela vägen dit men fick stanna till vid entrén ett par minuter för att hämta andan. I praktiken hade han inte tjänat någon tid men kanske gjort sig av med några kalorier. Polishuset var bemannad dygnet runt men dörrarna låstes 20:00 vilket innebar att besökare var tvungna att ringa på en porttelefon innan de släpptes in. Som anställd polis behövdes inte denna procedur då alla anställda hade tillgång till en portkod. Han använde sin kod för att komma in i byggnaden och tog sig ner mot förhörsrummet som fanns i källaren tillsammans med de arrestlokaler som användes till att sy in överförfriskade ynglingar och brottslingar i väntan på förhör.

Konrad Nielsen satt i ett av förhörsrummet på Polishuset, tittade ner i bordet, såg väldigt obekväm ut. Han vaggade fram och tillbaka i stolen, huvan var framdragen över huvudet och händerna var knäppta på bordet. Bengtsson kom in i övervakningsrummet som låg vägg-i-vägg med förhörsrummet. Där möttes Bengtsson av en yngre polis som höll koll på Konrad.

- Har han pratat, undrade Bengtsson.

- Nej, vi har haft ett inledande samtal med honom men han säger inte mycket. Han verkar rädd.

- Var hittade ni honom?

- Grabbarna från avdelning 4 hade span på pizzeria Milano då det är ett känt tillhåll för knarkförsäljning och fick syn på Konrad. Han var nog bara hungrig men då det fanns en lysning på grabben så ingrep de genast. Det hela gick lugnt till, inget motstånd men det kunde gått illa då grabben var beväpnad.

Bengtsson tittade in i förhörsrummet genom den stora rutan och iakttog Konrad som nu tittade upp, rakt mot rutan. Konrad kunde inte se honom men såg ut att ha en känsla av att vara iakttagen. Konrad sänkte huvudet igen, kroppen började gunga igen.

- Jag tar ett snack med grabben.

Bengtsson tryckte upp dörren med kraft och Konrad nästan hoppade ur stolen. Det var inte första gången som Bengtsson hade ett förhör med en kriminell och han brukade ofta köra den hårdföra stilen, speciellt om personen uppvisade nervösa tendenser redan innan själva förhöret.

Bengtsson hade en brun mapp i sin hand och gick raka vägen fram till den stol som stod rakt över Konrad. Han satte sig utan att titta på Konrad, öppnade pärmen och bläddrade i papperna. Det gick några få minuter, de kändes säkerligen som timmar för Konrad som nu hade dragit tillbaka huvan och blottade ett nervöst ansikte.

- Hrm, vad var egentligen planen med pistolen?

Bengtssons fråga var rak och tonläget anklagande. Blicken var fortfarande i papperna.

Konrad började harkla sig och tittade rakt på Bengtsson.

- Den är inte min, jag hittade den på vägen till pizzerian. Jag skulle bara äta.

Bengtsson fortsätter titta ner i sina papper, ignorerar Konrads svar då han misstänkte att han ändå inte skulle fått ett ärligt svar.

- Jag kikar i ditt register hos oss, det är inte första gången du är här.

Denna gång fick han inget omedelbart svar från Konrad.

Bengtsson tittade nu upp från pärmen, spände sina ögon i Konrad.

- Det small ordentligt utanför din bostad tidigare idag, visste du om det? Var du hemma?

- Jag vet inget om det, jag var inte heller hemma.

Konrad ljög, så mycket visste Bengtsson men sanningen skall nog komma fram. Det brukade den göra när han höll i förhören.

- Har du någon aning om vem som kunde gjort det? Har du skaffat dig några fiender på sistone?

- Nej, jag... jag vet verkligen inget, stammade Konrad fram.

- Enligt våra rapporter så brukar du sälja knark, du har även blivit haffad på bar gärning för ett tag sedan. Var får du knarket ifrån nu för tiden? Har du blivit ovän med någon langare?

Bengtsson pressade Konrad allt mer och Konrad visste

mycket väl att polisen hade en hel del på honom. Kanske kunde han komma lite lindrigare undan om han erkände vissa saker. Frågan var bara hur mycket han skulle avslöja, en golare i denna branschen brukade sällan överleva så länge. Nu verkade det som om turkarna ändå ville se honom död så det kanske inte spelade så stor roll om han berättade för polisen, tänkte Konrad.

- Alltså, jag säljer inte längre men om jag berättar... då... då vill jag inte sitta inne. Jag vill gå fri, annars säger jag inget.

Bengtsson visste att det fanns större fiskar än Konrad och låtsades tänka på förslaget en stund. Han tittade ner i papperna och bläddrade lite för att få tiden att gå. Det gjorde Konrad än mer nervös.

- Fri, fattar du. Jag vet väldigt mycket, sjuka människor som gör vad för skit som helst för pengar.

Bengtsson kände att Konrad hade fått svettas tillräckligt och försökte få till en deal.

- Du kommer få för innehavet av vapnet, det kan jag inte få att försvinna men berättar du vad du vet så skall jag se om jag kan lindra straffet. Det är den dealen du får och hade jag varit dig hade jag tagit den.

Konrad tittade på Bengtsson, såg i hans bestämda min att han menade allvar.

- Okej, jag berättar. Alltså... jag var hemma, telefonen ringde.

Konrad berättar sin historia om att Basir ringt honom och ville prata. Bengtsson hade satt på bandspelaren och spelade in hela berättelsen, han gjorde även små noteringar i sina papper medan Konrad berättade om sin dag.

Bengtsson flikade in med lite kompletterande frågor.

- Hur länge har du sålt turkarnas knark?

Polisen hade bra koll på turkarnas verksamhet och kände mycket väl till Basir och gänget men Bengtsson lät ändå Konrad berätta vad han visste. Kanske kunde det komma fram något som de inte kände till.

- Alltså, jag håller inte på med den skiten längre...

Konrad fortsatte ljuga i hopp om att han skulle komma lindrigare undan men Bengtsson visste bättre.

- Vi vet att du säljer, ingen idé att ljuga men jag är mer intresserad av vad du vet om sprängningen och hur turkarna kan vara inblandade. Misstänker du att Basir var den som sprängde utanför din bostad?

- Ja, han ringde mig precis innan och sa att han var utanför. Det måste varit han.

- Kör Basir en röd Passat?

- Inte fan vet jag.

- Vet du varför turkarna vill skada dig? Har du blåst dem?

Konrad strök håret med handen och mumlade. Han förstod inte heller varför och hade i ärlighetens namn svårt att ge polisen några mer ledtrådar.

- Alltså, du måste förstå. Jag har inte gjort något, jag vet inte varför de vill skada mig.

Bengtsson insåg att förhöret inte kom längre, han visste nu var Polisen skulle rikta sin koncentration och trots allt var Konrad bara en liten fisk i det kriminella havet. Han tackade för informationen och reste sig för att gå ut.

- Är jag fri att gå?

- Nej, du kommer som sagt att åka dit för vapeninnehavet men jag skall lägga in ett gott ord för dig.

Bengtsson tog pärmen under armen och lämnade Konrad till sitt öde. Han behövde ett möte med grabbarna på avdelning 4 för att få veta vad de hade på turkarna. Nu hade han åtminstone en inriktning på fallet och en potentiell utövare. Klockan var nästan 23 på kvällen, förhoppningsvis fanns det några kvar i polishuset som han kunde prata med.

Intensiteten var låg på avdelning 4, Bengtsson kunde endast skymta några få personer bakom de stora gråa skärmarna som delade av arbetsplatserna. Kontorslamporna som avslöjade en viss aktivitet gav ifrån sig ett dunkelt, pissgult sken i den annars mörka lokalen. Klockan var nästan midnatt och det var inte ovanligt att det såg ut just så här då många på avdelningen arbetade på fältet. En måndagkväll var förvisso en ganska lugn kväll i Bergen men buset sov aldrig. Det fanns förmodligen en hel del att göra där ute tänkte Bengtsson medan han passerade det stora, öppna landskapet.

Han såg på långt håll att Olav Hauge fortfarande var kvar och ökade stegtakten för att nå kontoret i slutet på korridoren. Väl framme knackade Bengtsson lätt på den inglasade kontorsdörren. Den medelålders mannen i rummet satt djupt försjunken över sin laptop men drog på ett leende när han såg Bengtsson, vinkade in honom med en vänlig gest.

Bengtsson klev in och satte sig i besöksstolen, med pärmen fortfarande i sina händer.

- Du ser lite trött ut Olav... sa han samtidigt som han ansträngde sig att se piggare ut.

- Ja, det har varit en lång dag. Nu återstår bara lite pappersjobb och förhoppningsvis får man åka hem och sova. Vad kan jag hjälpa dig med?

- Vi har fått genombrott i fallet med sprängningen, sa Bengtsson med ett leende och lade till en kort konstpaus. Vi har lägenhetsinnehavaren Konrad Nielsen i förvar.

- Åfan, det var ju bra. Hörde i korridoren att de hade plockat in någon. Är han inblandad?

- Han hävdar att det är Turkarna som ligger bakom dådet. Förmodligen har han blåst dem eller något.

Olav hade vid detta laget släppt sitt fokus på sin laptop och var klart mer intresserad av vad Bengtsson hade att säga.

- Ja, de känner vi till. Hårdföra typer, inte direkt kända för att vara snälla om någon blåser dem på pengar. Vill du lysa någon? Jag har några killar på stan som kan plocka in dem om du vill. Hur vill du hantera det?

Bengtsson visste bättre än att gå efter någon med svaga bevis men han ville mer än gärna prata med Basir. Bara för att visa att polisen vet vad de höll på med och kanske skaka om dem lite.

- Det vore klart intressant att plocka in Basir och höra vad han gjorde tidigare idag. Han lär ju säkert ha något billigt alibi men han behöver även få veta att vi håller ögonen på honom.

Olav plockade upp sin telefon, letade fram ett nummer och ringde ett samtal.

- Hej, Olav här. Var är du?

Bengtsson lyssnade på samtalet och förstod att han pratade med några av hans mannar på fältet.

- Vi behöver plocka in Basir, du vet... knark-turken som håller till nere i hamnen. Han är misstänkt för bombdådet tidigare idag men säg inte det till honom när ni plockar upp honom. Han kan gott få svettas lite. Det lär garanterat finnas knark eller vapen i deras lokaler så gör ett besök och se om han är där. Jag ordnar en husrannsakan, ringer dig så fort den är klar. Häng i ytterområdet till du hör från mig.

Lika fort som Olav fått till samtalet hade han avslutat det.

- Ge mig några minuter så fixar jag en husrannsakan, sa Olav till Bengtsson med ett leende.

Olav ringde ytterligare ett samtal och några minuter senare var papperna klara, de hade nu en husrannsakan om misstänkt innehav av knark och vapen för att göra ett besök nere i hamnen. Hans dator plingade till bara sekunder senare, det var från Tingshuset. Olav ursäktade sig och gick mot skrivaren precis utan för hans kontor. Han plockade ut det utskrivna pappett och signerade det. Han tittade sig sedan omkring, såg en av sina mannar och kallade honom till sig.

- Kör ner detta till bil 3, de skall göra ett besök hos Turkarna nere i hamnen och väntar på en sidogata. Ta kontakt via radio och möt upp dem, om du vill får du gärna vara med på tillslaget. De säger inte nej till backup.

Den unga mannen nickade utan att yppa ett ljud, tog

pappret i handen och rusade ut från kontoret.

Det hade varit en lång dag för Bengtsson och han kände att den inte riktigt var slut än. Beroende på utfallet med Turkarna kunde han vara kvar på polishuset hela natten. Detta var förvisso inte helt ovanligt men de långa arbetsdagarna slet på honom mer nu för tiden jämfört med i hans ungdom.

Olav kom in i kontoret igen och de småpratade en stund, något som Bengtsson verkligen gillade. Han var en av de på polishuset som Bengtsson kom bäst överens med och de brukade försöka ha sina små pratstunder med jämna mellanrum. Han uppskattade Olavs ärlighet och de hade samma tankar och värderingar. Det hade inte varit lätt för Bengtsson att komma in som Svensk i en Norsk organisation. Olav hade börjat ungefär samtidigt och hade tagit hand om honom den första tiden. De arbetade förvisso inte på samma avdelning men träffades lite varstans och hjälptes åt med rutiner och andra praktiska saker.

Telefonen i Bengtssons ficka gav ifrån sig ett surrande ljud, någon sökte honom. Det brukade inte vara allt för många som ringde så här sent på kvällen och Bengtsson misstänkte att det var en kollega.

- Ja, det är Rolf.

- Hej, det är Anders, från arresten. Jag sitter här med Konrad, killen du förhörde tidigare. Jag chansade på att du var kvar i huset, tänkte att du skulle vara intresserad av att höra. De skall flytta honom redan i natt. Konrad lär få en månad i fängelse för vapeninnehavet men det är fullt i arresten så han skall flyttas.

Bengtssons fokus hade flyttats från Konrad till Turkarna men han svarade artigt.

- Han är inte så intressant längre men kanske försöker Turkarna igen så säg till att transporten är försiktig.

- Du kanske vill följa med? De är lite kort om folk och det skadar nog inte med en extra resurs.

Bengtsson hade ändå inte så mycket för sig just nu, han väntade på hur det skulle gå med besöket hos Turkarna och bestämde sig för att följa med eskorten till Tingshuset. Han vinkade av Olav som åter hade fastnat i datorn och begav sig ner till arresten.

Kapitel 8

Arrestvakten Anders satt bakom en liten glasruta i väggen och nickade till Bengtsson så fort han fick syn på honom. Det hördes ett surrande ljud och dörren bredvid rutan öppnades. Säkerheten i arresten var hög och ingen obehörig kom längre än hallen. Bengtsson klev in och ställde sig lite demonstrativt en meter in i det lilla rummet. Mycket mer plats än så fanns det inte. Bengtsson fick en kortare klaustrofobisk känsla och harklade till.

- Jasså, det är här du håller till.

- Ja, inte världens största kontor men det är åtminstone lugnt och skönt... för det mesta. Ja, förutom när det ramlar in fulla ungdomar i parti och minut vill säga.

Bengtsson kände sig klart obekväm men ville inte såra Anders genom att lämna rummet. Det var ju trots allt Anders arbetsplats och Bengtsson hade lärt sig att respekt för andra människor och deras situationer öppnade många dörrar.

- När hämtar de Konrad?

- Det kommer en bil om ca 15 minuter, av vad jag hörde är det bara en ensam vakt.

De passade på att pratade om allt möjligt för att få tiden att gå och efter ett tag klev en ung man i vaktuniform in genom hallen till arresten. Han kom fram till Anders och legitimerade sig, det var vakten som skulle forsla Konrad till häktet. Anders förklarade att Bengtsson kommer följa med på färden och vakten nickade instämmande. Det var en relativt ung vakt, något som inte var helt ovanligt. Många poliser började sin yrkesbana som väktare och fotfolk inom olika delar av rättsväsendet i Norge. Den unga vakten rättade till sin mössa och vände sig mot Bengtsson.

- Det går bra, det är bara en kort färd.

Medan Anders hämtade Konrad kollade Bengtsson slentrianmässigt telefonen, han har fått ett sms från Olav; *"grabbarna på plats, papper i ordning, de går in"*.

Bengtsson svarade att han åker iväg för att assistera flytten av Konrad och placerade telefonen i kavajfickan ungefär samtidigt som Konrad kom med händerna i handklovar längs hallen. Han överlämnades till vakten och tillsammans med Bengtsson gick de ut till den väntande bilen som stod precis utanför polishuset. Det var en helt vanlig Volvo V70 och Bengtsson antog att man hade valt bil baserat på risk, det var ju trots allt ingen högrisk-person som skulle flyttas.

Han satte sig i baksätet med Konrad och bilen rullade ut i natten. Det var mörkt i stan och väldigt få människor i rörelse, nästan lite fridfullt tänkte han. Speciellt med tanke på det höga tempot som måndagen annars hade haft. Han njöt av tystnaden.

Medan de gled ner för Bergens centrala delar så tittade Bengtsson på lamporna som passerade, ljuset fick honom att längta efter värmen och tankarna gled iväg. Han såg sig själv på en strand någonstans i värmen, med stråhatt och solglasögon, njuta av värmen som smekte hans kropp. Det var ett tag sedan han log, kunna sluta ögonen och fokusera på annat än bomber, knark och mordförsök.

Ljudet som avbröt Bengtsson drömmar var öronbedövande och även om han var övertygad om att hans ögon hade öppnats på bråkdelen av en sekund så såg han inget. Han kände en bedövande smärta i sidan på kroppen. Det ekade i huvudet på honom och det kändes som om han hade blivit påkörd av ett tåg. Det skulle visa sig inte vara så långt från sanningen, en lastbil hade kört för rött ljus i hög fart och rammat bilen i en korsning. Volvon låg på sidan och han hade svårt att placera blicken. *Vad hände? Var är jag?*

Bengtsson försökte fokusera men såg bara mörker och ett blinkande sken. Sakta men säkert började omvärlden framträda om än fortfarande i ett töcken, synen påminde om en riktigt tät höstdimma. Något såg ut att röra sig i den omedelbara, ofokuserade närheten. Han såg en gestalt som öppnade något som såg ut som bildörren på andra sidan. Det ringde i öronen och Bengtsson hade svårt att förstå händelseförloppet. Han gjorde en ansträngning till att försöka resa sig, få kontroll över situationen men kroppen orkade inte. Han tuppade av.

Den brutala krocken hade väckt några av de boende i närheten och det hade inte tagit lång tid innan både polis, brandkår och ambulans varit på plats. Bengtsson väcktes av att en man drog i honom. Han var fortfarande groggy men såg att det var en uniformerad polis. De försökte få ut honom ur bilen och tillsammans med Bengtssons sista krafter kunde han bäras ut genom sidodörren och firas ner på marken. Han fick en värmande filt runt sig av ambulanspersonalen, började kvickna till och såg sig omkring. Platsen var full av nyfikna människor och bilar från polisen, ambulans och brandkåren. Det såg ut som en krigszon. Bengtsson vände sig mot ambulanskillen som stod närmast.

- Har alla klarat sig?

- Ja, bortsett från skrapsår och möjliga huvudskakningar så verkar ni vara ok. Hur mår du själv?

Bengtsson kände efter och smärtan i sidan var fortfarande påtaglig men för övrigt kände han sig hyfsat bra.

- Det ringer fortfarande i öronen och jag har ont i sidan men annars är det okej, sa han med ett plågat ansikte.

Bengtsson tog sig för sidan för att bekräfta vad han kände och tittade sig omkring, försökte få koll på situationen. Krocken med lastbilen hade förflyttat Volvon 20-30 meter i sidled och fronten på lastbilen var intryckt. Han studerade lastbilen, det var en mindre lastbil med en logotyp på sidan som sa *Andersson Frukt och Grönt*. Bengtsson vände sig mot ambulanskillen igen.

- Var kan jag hitta personen som körde lastbilen, jag behöver prata med honom.

- Jag vet inte, jag har inte sett föraren. Vi är några som jobbar, han eller hon kan ha blivit omhändertagen av någon annan.

Bengtsson insåg det självklara i ambulanskillens raka svar och fortsatte spana runt i hopp om att få kontroll.

- Var är killen med handbojorna?

Ambulanskillens ansiktsform byttes omedelbart från allvarlig till förvånande, det såg ut som om han inte förstod ett ord av vad Bengtsson precis hade sagt. Han stirrade några sekunder på Bengtsson och svarade sedan med samma raka ton.

- Vilken kille med handbojor?

Bengtsson stelnade till och glömde genast bort smärtan.

- Vi transporterade en kille i mörk tröja... med huva... han satt i baksätet, bar handklovar.

- När vi kom hit så var det bara du och föraren i bilen.

Bengtsson bara tittade på ambulanskillen i några sekunder, försökte ta in vad han precis hade hört. Tankarna for runt i hans huvud. Han började genast att bearbeta situationen. Det fanns bara två möjligheter, antingen har Konrad passat på och rymt när de andra varit utslagna eller så har någon plockat honom. Bengtsson var inne på att det senare var det högst troliga scenariot, speciellt med tanke på vad han såg precis innan han tuppade av.

Ju längre han grubblade desto mer säker blev han, insåg att det inte var en olyckshändelse. Någon hade gjort det medvetet, för att komma åt Konrad. *Var det Turkarna? Visste Konrad mer än vad han sa?* Frågorna ekade i Bengtssons huvud, ett huvud som fortfarande kändes som efter en ordentlig festnatt. Han kände sig tvungen att ringa Olav, något har gått väldigt fel i natt. Han reste sig, letade fram sin mobiltelefon ur fickan. Glaset på framsidan av mobilen var sprucket. Efter en stunds trixande kunde han få fram Olavs telefonnummer och signalerna gick fram.

- Olav här.

- Hej, det är Rolf. Fan, något gick snett. Vi har blivit påkörda. Han är borta... Bengtsson pratade snabbare än vanligt och det tog några sekunder för Olav att förstå vad hans Svenska kollega egentligen sa.

- Va? Jag hörde precis på radion att det har skett en olycka i centrum, är ni inblandade?

Bengtsson harklade till, smärtan var nu än mer påtaglig och han kände sig tvungen att vila kroppen. Han satte sig ner i ambulansens öppning.

- Ja, vi blev påkörda av en lastbil... i en korsning. De tog Konrad. Han kan förvisso tagit sig ur vraket på egen hand men innan jag tuppade av så såg jag en person ta sig in och ryckte i Konrad. Kan ge mig fan på att det är Turkarna som gjort ännu ett försök.

- Helvete, de vill verkligen åt honom. Konrad måste veta något som är väldigt viktigt, sa Olav med ett nu mer upphetsat tonläge.

- Jag måste prata med polisen som är här på plats, hör av mig senare Olav.

Bengtsson stängde ner samtalet genom att klicka på den delen av telefonens glas som ännu var hel och hans blick vandrade runt brottsplatsen. Han fick syn på en uniformerad polis som stod och pratade med vakten som hade kört bilen. Bengtsson tog tag i ambulansdörren som stöd och reste sig, vandrade sakta bort mot dem. Stelheten från ett stillasittande yrke var inget mot vad Bengtsson just nu kände och den korta promenaden på 50 meter tog ett par minuter.

Polisen var precis klar med vaktens vittnesmål när Bengtsson anlände med filten fortfarande hängande över axlarna. Polisen tittade upp från sitt anteckningsblock, vände sig mot Bengtsson och pratade med en vänlig röst.

- Hej, hur mår du?

- Ja, jag har fan mått bättre, harklade Bengtsson fram.

Polisen var ett känt ansikte för Bengtsson och de pratade mer som kollegor och kamrater under några minuter. Under samtalet framkom att polisen inte visste mer än vad Bengtsson redan kände till och både lastbilen och Volvon skulle svepas för fingeravtryck och undergå annan undersökning under natten. Det fanns också ett antal polisbilar ute som letade efter den flyende lastbilschauffören men än så länge hade de inte fått napp, åtminstone inte vad den uniformerade polisen kände till.

Polisen tackade för samtalet och gick vidare med sin uppgift att ta vittnesuppgifter och försöka få klarhet i vad som egentligen hade hänt. Bengtsson stod kvar och bara stirrade rakt på Volvon där den låg på sidan, han kände sig tacksam över att ha överlevt. Det var ingen liten smäll och han hade suttit på sidan närmast själva krocken. Det kunde gått klart värre än vad det gjorde insåg Bengtsson när han såg skadorna på bilen.

Samtidigt som han nästan blev religös över att han överlevt så kom Bengtsson på att han skulle återkoppla till Olav. Han kände sig dock alldeles för trött för detta och skickade istället iväg ett sms; *Ingen mer information om Konrad eller förövare, måste sova. Hör av mig i morgon.*

Bengtsson insåg att mer kompetenta och friska poliser letade efter Konrad och gärningsmannen så han beslöt sig för att ta sig hemåt istället. Att gå hem var inte att tänka på så han letade istället upp en polis som fick köra honom hem. Han somnade till i bilen trots att det bara tog några minuter att ta sig hem, både huvudet och kroppen var helt slut. Det hade varit en lång dag.

Polisen väckte Bengtsson och hjälpte honom ut ur bilen samt upp för trapporna till andra våningen. Bengtsson fumlade lite med nyckeln till dörren men kunde relativt snabbt ta sig inomhus trots sina plågor. Han stannade till på hallmattan, direkt innanför ytterdörren. Hans första tanke hade varit att han skulle ta några huvudvärkstabletter, ta av sig kläderna och krypa ner i sängen men verkligheten blev något annat. Han somnade huvudstupa i soffan i vardagsrummet med alla kläderna på sig. Även den värmande filten runt axlarna hängde kvar.

Kapitel 9

Känslan av att vakna i soffan, med kläderna fortfarande på sig var något Bengtsson fått erfara många gånger. Tiden efter Anitas död var en tuff tid med mycket alkohol och droger, det var snarare en regel än ett undantag att han somnade på soffan. Den enda riktiga skillnaden nu var att Bengtsson var nykter men kroppen kändes på samma sätt. Stelheten av att sova stupad i en 2-sitts soffa från IKEA var tillsammans med den ihållande smärtan från krocken något som Bengtsson inte ens önskade sin värsta fiende.

Klockan var 07:30 och han hade fått sova nästan 6 timmar. Bättre än inget tänkte han medan han försökte få bort stelheten genom att vandra runt i lägenheten på Lars Hilles gate. Trots sina 45 kvadratmeter var den ganska bra planerad och Bengtsson trivdes fint här. Köket var äldre men funktionsdugligt, det fanns precis det som han behövde. I ärlighetens namn så lagade han inte så många middagar hemma så det var mest mikrovågsugnen som gick varm. Som polis var det svårt att planera inköp och matlagning, en situation många av hans ensamstående kollegor också delade.

Sovrummet var litet och ganska slitet när han flyttade in men lite vit färg på väggarna hade gett rummet djup och ljus. Bengtsson skulle inte kalla sig själv händig men enklare renoveringar i stil med målning och tapetsering var normalt sett inga problem. Han hade inte heller letat efter någon ny kärlek så just nu passade de 45 kvadratmetrarna honom alldeles utmärkt. Lagom billig och lätt att städa, inga dåliga egenskaper tänkte Bengtsson medan han sakta med säkert började få tillbaka rörligheten i kroppen.

Det hade gått 15 minuter sedan han vaknade, Bengtsson längtade efter en het dusch och ett ombyte. Lägenheten hade ett badrum med en toalett samt en mindre dusch, allt i en distinkt stil från 70-talet. Plastmattan på golvet var sliten och kaklet på väggarna bestod av små, tråkiga vita kvadratiska plattor som nötts ut av alla års rengöring. Det var inte så att det var ofräscht, det var Bengtsson noga med, men lägenheten var sliten och det var svårt att dölja oavsett hur noggrann han var.

Smärtan i sidan fanns kvar, det märkte Bengtsson när han tog av sig kläderna för en dusch. En ständig påminnelse om det pågående fallet med Turkarna. Han funderade på om något var brutet medan det varma vattnet strilade ner över honom. Bengtsson stod nästintill blickstilla i 15 minuter och bara lät vattnet smeka hans ömma kropp. Han blundande och försökte samla tankarna. En ny arbetsdag hade börjat och det var dags att piggna till. Dags att tillföra något till utredningen.

Ur de äldre och mindre funktionsdugliga garderoberna hittade han rena, fräscha kläder. Han kände sig som en ny man och vid detta laget började även hjärnan fungera som den skulle. Han behövde förvisso uppdateras på läget i utredningen men det kunde vänta till han kom till polishuset. Hans tankar fortsatte där de slutade kvällen innan. *Var tog Konrad vägen? Vem planerade dådet och hur fick de reda på att Konrad skulle flyttas? Fanns det en läcka i polishuset?*

Bengtsson var övertygad om att det fanns många viktiga frågor som behövde svar snarast om man skulle få någon form av framgång i utredningen. Han fortsatte att fundera medan han tog på sig ytterkläderna. Lägenhetens fönster var inte direkt nyputsade men han kunde skönja solen från där han stod. Det såg ut vara en fin morgon och inte allt för kallt så han bestämde sig för att gå till polishuset endast iförd kavaj.

Nästan på sekunden exakt en timme efter att han hade vaknat i soffan klev Bengtsson in på polishuset. Det var onsdag morgon och hans normalt släpande gångstil var om möjligt än mer släpande idag. Han gick raka vägen till hissen för att ta sig upp på våning 7 där hans kontor låg. Det var en tillräckligt stor uppgift för den sargade kroppen, tänkte Bengtsson.

Han var ensam i hissen och tittade sig i den stora spegeln på väggen. Bengtsson hade hunnit bli 46 år gammal och tiden hade satt sina tydliga spår i hans ansikte. Efter många år med långa arbetsdagar och tidvis en hel del problem med spriten hade hans kropp åldrats i en allt snabbare takt. En hel del kvinnor han hade mött hade sett honom som relativt stilig även om han själv inte riktigt hade rätt självförtroende att hålla med. Tiden efter Anita hade satt sina spår och han var övertygad om att han aldrig mer skulle träffa någon som henne igen. Det hade funnits några kvinnor i hans liv de senaste åren men det var mest flyktiga kontakter och mer för att dämpa hans ångest. Ingen av dem hade kunnat nå upp till Anita enligt Bengtssons sätt att se på det och det rann allt som oftast ut i sanden redan efter några träffar.

Hissen stannade till på våning 7 och de grå ståldörrarna öppnade upp sig mot hallen. Bengtsson släpade sig ur hissen med tunga steg och stannade till vid kaffemaskinen. Även om det inte förväntades bli en kulinarisk upplevelse så behövde han kaffe för att komma igång. Med pappmuggen fylld till bredden med ljummet kaffe gick han de 10 metrarna bort mot sitt kontor. Han passerade andra kontor längs vägen, hälsade artigt på personerna genom glasrutan. Dörren med hans namn ingraverat i glaset var stängd, det var den alltid när Bengtsson inte var på plats. Tanken med detta var att dörren skulle symbolisera hans tillgänglighet, en stängd dörr betydde upptagen och när dörren var öppen så var vem som helst välkommen att kliva in. En enkel lösning tänkte han.

Han öppnade dörren och stängde den direkt efter sig, han ville verkligen vara i fred en stund. Behövde tid för att tänka, begrunda de fakta som hade kommit fram. Om det fanns det en läcka i polishuset så behövde han göra en hel del förändringar i utredningen. Bara misstanken gjorde att han var tvungen att tänka till, ordentligt. Bengtsson sjönk ner i fåtöljen med en brydd min. Utredningen hade tagit en otrevlig vändning och han kände sig villrådig.

Spåret med Konrad hade i stort sett avskrivits innan fritagningen, om det nu ens var en fritagning. Om det skulle visa sig att det faktiskt rörde sig om just en fritagning där Turkarna var inblandade så visste Konrad bra mycket mer än vad som hade framkommit i förhören. Just den detaljen förbryllade Bengtsson. Hur kunde en simpel hantlangare få tag på information som innebar att Bergens största knarkhandlare, till vilket pris som helst, ville se honom död? Fanns det andra personer utanför Turkarnas innersta krets som också kände till den informationen? Frågorna var många och Bengtsson visste knappt i vilken ända han skulle börja nysta i. Han behövde hjälp, dessutom från någon han kunde lita på.

Han tänkte direkt på Olav. Det kändes i magtrakten som ett bra val, för inte kunde väl chefen för narkotikadivisionen på Polisen i Bergen vara inblandad i Konrads försvinnande? En person som Bengtsson dessutom delade många värderingar med och som han skulle kategorisera som sin bästa vän på polishuset. Det krävdes inte många minuter och klunkar av de numera iskalla kaffet innan Bengtsson hade bestämt sig för att ta en privat diskussion med Olav Hauge.

Bengtsson vågade inte lita på de interna kommunikationerna just nu utan tog en promenad bort mot andra änden av den sjunde våningen för att möta upp chefen för avdelning 4. Han passerade hissen igen och svängde höger in i den lite längre korridoren. Den delen av korridoren löpte förbi alla fönster mot yttervärlden och ljuset som strömmade in piggade upp Bengtssons sinnesstämning några grader. Korridoren slutade efter 25 meter i ett större utrymme där poliser från avdelning 4 satt i ett öppet landskap. Det rådde redan febril aktivitet och Bengtsson kunde räkna till 5-6 poliser som satt på sina platser. Han såg några till som rörde sig i rummet och allt som allt kunde det röra sig om upp mot 10 personer som just idag arbetade inomhus med narkotika-relaterade brott.

I ena änden på rummet, bredvid skrivarna, syntes Olavs kontor. Dörren var stängd med det var tänt i rummet och Bengtsson kunde på långt håll se siluetter som indikerade att han var på plats. Han knackade lite lätt på rutan och inväntade svar.

- Kom in... ropade Olav.

Bengtsson öppnade dörren med en sömngångares hastighet och passade på att läsa av rummet. Han var ute i känsliga ärenden och kände att det var säkrast att inte vara för ivrig med att få saken ur världen. Utöver Olav så fanns det en annan man i rummet, en liten satt man med skägg. Bengtsson kunde inte minnas att han någonsin sett mannen men det hände att poliser från andra städer arbetade över gränserna.

- Hej. Bengtssons röst var lugn och lågmäld.

Olav avbröt genast vad han höll på med och kikade upp från en pappershög.

- Hej Rolf, vad har du på hjärtat idag?

Bengtsson stod kvar någon meter in i rummet och väntade en stund med att svara.

- Jo, jag behöver prata lite med dig... på tu man hand.

Olav tittade en stund på Bengtsson, sedan vände han sig till mannen i skägg.

- Kan du ursäkta oss en stund?

Den korta mannen sa inte ett ord utan tittade bara på Bengtsson och gled förbi ut genom dörren. Bengtsson tittade länge efter mannen, nyfiken på vem han var och vad han gjorde på polishuset i Bergen. Hans magkänsla indikerade att något inte riktigt stod rätt till med hans närvaro men för tillfället var andra frågor mer aktuella. Bengtsson stängde dörren till kontoret, vände sig mot Olav och satte sig i besöksstolen framför Olavs skrivbord.

- Du, hur länge har vi varit vänner?

Olav blev lite ställd av frågan och var tvungen att tänka till en stund.

- Ja, det är väl lika länge som du har jobbat här, svarade Olav med ett leende.

Stämningen i luften blev genast lite lättare och Bengtsson kunde inte hålla tillbaka sitt leende.

- Du har varit en bra vän Olav. Jag är väldigt tacksam för allt som du har gjort för mig under dessa år. Det har sannerligen inte varit lätt att komma hit som Svensk och med ett lite brokigt förflutet.

Olav kände av allvaret i samtalet och även Bengtssons leende min antog en lite mer bekymrad form.

- Jag misstänker att vi har en läcka i polishuset.

Bengtsson spände ögonen i Olav som nu satt helt tyst. Det gick ett antal sekunder, något som Bengtsson kände som minuter. Var Olav inblandad? Stämde hans misstankar?

Olav reste sig, rundande skrivbordet och gick fram till fönstret. Han kikade ut, lät blicken svepa över det öppna kontorslandskapet och drog sedan ned persiennerna till kontoret. Olav låste även dörren, försäkrade sig om att ingen skulle störa deras samtal. Han gick tillbaka till sin stol bakom skrivbordet och tog upp sin mobiltelefon. Med några knapptryck stängde han av telefonen och tittade sedan åter på Bengtsson med allvarliga ögon.

- Hrm, det är en allvarlig anklagelse men jag har själv funderat i de banorna. Det har hänt en del saker på vår avdelning senaste tiden som är svårt att förklara och jag trodde först att jag var paranoid. Vad har du för belägg för detta?

Bengtsson drog en lättnad suck när han insåg att Olav var inne på samma spår.

- Ingen annan än några få personer i Polishuset och Tingshuset visste att Konrad skulle flyttas igår, sa Bengtsson och strök handen genom sin svarta kalufs. Trots att han närmade sig 50 årsdagen hade han lyckats behålla det mesta av sitt hår men om det berodde på skötsam hantering eller bra gener var han inte säker på.

- Visst kan någon haft span på huset och inväntat rätt ögonblick för att få loss Konrad men det verkar inte så troligt, fortsatte Bengtsson.

Olav satt kvar i sin stol med samma bekymrade min som Bengtsson hade och nickade instämmande.

- Det låter inte så troligt att någon har lyckats sy ihop detta på bara några minuter efter att Konrad släpptes ut. De måste blivit förvarnade. Vet du exakt vilka som kände till transporten?

Olav tog fram ett block och penna, redo för att få fram lite namn från Bengtsson. Han litade inte på något tekniskt för den här uppgiften, det här skulle lösas old-fashion-style med hemliga möten, papper och penna.

Bengtsson reste sig, stelheten i benen började bli tydlig och han tänkte bättre när han fick vandra runt lite planlöst. Han gick fram och tillbaka inne på kontoret i sin sävliga, karakteristiska stil. Lite då och då strök han sin haka med sina grova händer. Olav tyckte att Bengtsson påminde om en forskare som försökte hitta botemedlet till en farlig sjukdom och log lite för sig själv. Han hade alltid varit imponerad över Bengtssons skarpa hjärna och slutledningsförmåga.

- Vi har Anders som arbetar i arresten, det var han som ringde mig när de skulle flytta Konrad. Jag tvivlar dock på att han visste något speciellt långt i förväg, det brukar de sällan göra. Sedan har han arbetat här i många år och min magkänsla säger att han är lojal.

- Vem bestämde att han skulle flyttas, undrade Olav lite försynt.

- Det var tydligen fullt i arresten igår kväll så Anders begärde en flytt till Tingshuset. Han skickade in begäran direkt efter att vi var klara med förhöret, klockan borde varit strax innan 23. Sedan gick det fort, Anders ringde mig när du och jag satt och pratade igår kväll. Telefonen säger att samtalet kom 23:46 och enligt Anders skulle en bil komma inom 15 minuter.

Bengtsson gick och satte sig i besöksstolen igen, stelheten var borta och han hade inte heller fler namn på sin lista över potentiella läckor. De båda var tysta en stund, lät allt sjunka in. Klockan var nu strax efter 9 på morgonen och de insåg att de inte tätar läckan här och nu utan att undersöka saken mer.

- Vi får fundera lite mer på detta, sa Olav med en bestämd röst.

- Ja, nickade Bengtsson instämmande och reste sig. Han insåg att det fanns viktigare uppgifter för dagen och ett av dem var att hitta Konrad. Det stod nu klart att han visste klart mer än vad Bengtsson hade fått veta under förhören och kanske var det något riktigt stort på gång i stan.

- Har ni hittat några spår efter Konrad där ute, undrade Bengtsson med halva kroppen utanför kontoret.

- Nej, vi har span på kända grupperingar och pratar med så många vi kan. Vi lyser även Basir då han inte var på plats vid gårdagens husrannsakan och det är nog ingen slump att han gått under jorden samtidigt som den här skiten händer. Jag meddelar dig så fort vi har något.

Bengtsson log mot Olav.

- Tack... tack för samtalet, du är en bra vän.

Bengtsson fortsatte ut ur kontoret och gick raka vägen förbi de arbetande poliserna på avdelning 4 utan att ägna dem en blick eller pratstund. Det var inte hans normala sätt men han hade viktigare saker för sig. Konrad var borta och var högst troligen mycket viktigare än vad de först trott.

Kanske kunde det finnas något i det material som de beslagtagit i Konrads lägenhet efter dådet? Bengtsson var nu säker på var han skulle lägga sitt fokus, Konrad visste något som kanske kunde få en större knarkliga på fall, att hitta Konrad och lista ut vad han visste hade högsta prioritet just nu.

Han anlände till hissen på förvånansvärt kort tid, speciellt med tanke på att hans kropp fortfarande var stel och sargad sedan krocken kvällen före. Polisens avdelning för beslagtagna saker låg i källaren och han tryckte på den runda knappen med en nedåt-riktad pil för att få tag på hissen. Det fanns bara en hiss men då den dels gick snabbt och dels sällan användes så tog det inte lång tid innan det karakteristiska plinget indikerade att hissen var framme. Ståldörrarna öppnades och han klev in, han var ensam i hissen. Knapparna för våningsplanen var runda och upplysta, han letade snabbt upp knappen med bokstaven "K" på och tryckte. Dörrarna var på väg att stängas och sekunden innan de var helt stängda hörde han ett röst som skrek "Vänta". Bengtsson vände sig om mot dörrarna och fick se en fot som stack in. En person var ivrig att få följa med och Bengtsson tryckte på knappen som öppnade dörrarna.

Utanför hissen stod mannen i skägg, samma man som Bengtsson sett inne på Olavs kontor.

- Hej, tack för att du släppte in mig.

Bengtsson, forfarande lite ställd över det plötsliga mötet med mannen i skägg, fick fram ett mumlande "Ja, ingen fara... vilken våning skall du till?"

- Det blir bra med ditt val, jag skall också till källaren.

Bengtsson hajade till men i ärlighetens namn var han mer konfunderad än förvånad. *Ville mannen något speciellt? Var det en slump att han också skulle med hissen nu? Vad skall han göra i källaren?* Frågorna rullade runt i Bengtssons huvud samtidigt som han iakttog mannen under färden ner mot källaren. Skägget var yvigt och stort, täckte faktiskt det mesta av ansiktet. Bengtsson hade alltid haft svårt att läsa av människor med stora skägg, han fick intrycket av att de dolde något där bakom allt ansiktshår. Mannen var relativt kort och kraftig, inte tjock på det sättet som en del kunde vara utan mer som någon som gillade feta såser och några öl till vardags men för övrigt var i bra form.

Bengtssons analys av mannen avbröts av att hissen gav ifrån sig ett högt plingande ljud, de var framme. Dörrarna öppnades, mannen i skägg nickade mot honom och klev först ur hissen. Bengtsson var nyfiken på var mannen skulle ta vägen så han tog det lugnt för att på så sätt kunna följa mannen med blicken innan han själv avslöjade sitt ärende. Med bestämda steg gick den korta mannen mot avdelningen för beslagtagna saker och Bengtsson följde efter. *Det kan väl inte vara så att han också är ute efter Konrads saker?* Han kände sig paranoid och beslöt sig på bråkdelen av en sekund.

- Hej, hallå... kan jag få prata med dig?

Mannen i skägg stannade upp, vände sig om mot Bengtsson. Inget svar, han bara blängde på Bengtsson.

- Jag har en fråga, skulle du kunna hjälpa mig med en sak?

Han drog till en nödlögn för att få mannens uppmärksamhet. Det hjälpte, mannen började gå i riktning mot Bengtsson. Väl framme ställde mannen sig demonstrativt framför honom med benen brett isär, la armarna i kors och sa med djup röst.

- Vad vill du?

Bengtsson var ingen lättskrämd människa men det var något med denna man som gjorde att han inte kände sig helt bekväm. Han funderade några sekunder på ett bra svar.

- Vet du förresten vem jag är? Bengtsson försökte ställa frågan på ett så neutralt sätt som möjligt så att det inte skulle uppfattas som nedsättande eller att han spelade överlägsen på något sätt. Mannen i skägg bara stod där, med armarna fortfarande i kors, utan att ge ifrån sig ett ord. Bengtsson beslöt sig för att driva samtalet.

- Jag är Poliskommissarie här på polishuset i Bergen, har kontor på våning sju. Du kanske har sett mig innan? Jag har dock aldrig sett dig innan idag, det var du som var inne på Olavs kontor i morse va?

Mannen i skägg tittade sig omkring, sedan igen på Bengtsson. Hans röst var lugn och mörk.

- Ja, det var jag. Mitt namn är Torbjörn, jag kommer från Oslo Polisdistrikt och är med i en större utredning med er narkotikaavdelning. Olav är min tillförordnade chef under den tiden jag är här. Jag vet vem du är, har inte haft anledning att träffa dig än bara.

Bengtsson kände sig lite lättad över att manen faktiskt pratade men det var svårt att skaka sig av det första intrycket. Mannen uppträdde mystiskt och han visste fortfarande inte vad Torbjörn gjorde nere i källaren på polishuset.

- Bra, vi behöver all hjälp vi kan få. Vad gör du här nere förresten?

Torbjörn stod kvar med armarna i kors. Han släpade på svaret ett par sekunder vilket fick Bengtsson att misstänka att han inte var så intresserad av att dela med sig om sitt förehavande.

- Jag behöver lite material från en tidigare utredning, vi håller på att kartlägga saker. Försöker fälla en större knarkliga som opererar främst i Norge och Sverige. Enligt Olav har du stött på delar av deras organisation, de verkar vara inblandade i din bombutredning?!

Nu var det Bengtsson som släpade på svaren. Han undrade instinktivt hur mycket Olav hade berättat. Det var fortfarande Bengtssons utredning, han hade inte hört något annat och just därför ville han ha kontroll på vem som gjorde vad och när. Speciellt om någon avdelning eller person gjorde något som kunde påverka hans utredning.

- Ja, vi har några spår som indikerar att det kan finnas

narkotika med i bilden. Bengtsson bekräftade mannens fråga men utan att avslöja för mycket, en taktik han ofta använde när han pratade med media om olika utredningar.

Mannen i skägg verkade nöjd med svaret och log för första gängen sedan de träffats.

- Vi kommer behöva slå ihop våra resurser och utredningar framöver men Olav skulle prata med dig om det. Jag måste rusa, behöver som sagt lite material från en utredning förra året.

Bengtsson såg mannen vända sig om på en femöring och med raska steg vandra bort mot receptionen för avdelningen av beslagtagna saker. Han vandrade sakta med säkert efter och iakttog mannen som nu hade nått fram till den det stora glasrutan som skiljde den arbetande receptionisten och övriga. Polisen bakom glasrutan öppnade en lucka i glaset och började prata med Torbjörn. Bengtsson kunde inte uppfatta vad de pratade om men i takt med att han kom närmare så kunde han höra en del ord och till slut hela meningar.

Mannen i skägg var ute efter material från en razzia som gjordes mot några lokala knarklangare förra hösten. Bengtsson kom ihåg razzian, han var själv varken med eller inblandad i utredningen men hade genom sina samtal med Olav förstått att det var en lyckad operation. Grabbarna på avdelning 4 hade lyckats plocka några av stadens större gatulangare med handen i syltburken och sytt in dem på några år.

Torbjörn fick en brun låda av mannen bakom glasrutan, mumlade något som Bengtsson inte uppfattade och vände på klacken. Han vandrade med raska steg förbi Bengtsson mot hissen. De nickade till varandra när de möttes på vägen.

Medan Bengtsson följde den skägg-beprydde mannen mot hissen hörde han en välbekant röst ropa hans namn.

- Nä men, är det inte självaste Poliskommisarie Bengtsson som kommer och hälsar på?

Bengtsson vände sig mot receptionen, log och gick fram de sista metrarna till den välbekante mannen bakom glasrutan. De hade stött på varandra ofta genom åren och Bengtsson gillade att stanna för att prata en stund de gånger han var nere i källaren. Mannen bakom glasrutan var Rolf Hauge och förutom det gemensamma förnamnet så var de även i samma ålder samt ungkarlar. Hauge var lite längre än Bengtsson och även lite tunnhårigare men de delade många värderingar. Bägge tyckte lika illa om kaffet i maskinerna som fanns i Polishuset vilket hade fått Hauge att installera en egen kaffekokare nere i det lilla rummet bakom glasskivan. Detta lärde sig Bengtsson snabbt och smög ibland ner för att få sig en kopp kaffe som faktiskt smakade kaffe.

- Jag antar att Poliskommisarien vill ha sig en färsk kopp riktig kaffe? Det är nybryggt.

- Ja, nu var det inte för kaffet jag kom men du känner mig vid detta laget... jag säger aldrig nej till ditt kaffe.

De båda skrattade och Hauge hällde upp en rykande kopp kaffe från sin lilla kaffemaskin. Han räckte Bengtsson keramik-koppen med ett leende.

- Så, här har du dagens första riktiga kopp kaffe.

Bengtsson såg ut som ett barn på julafton när han fick den varma koppen i handen och sög genast i sig en stor klunk.

- Åh, äntligen. Att ett kopp riktigt kaffe kan vara så gott.

De passade på att småprata en stund, Bengtssons tyckte att hans egentliga ärende kunde vänta några minuter.

Hauge var tidigare en polis som arbetade på fältet men hade liksom Bengtsson sett alldeles för mycket skit genom åren. När Hauges fru lämnade honom så tog han på sig än mer arbete för att slippa bearbeta separationen. Detta var vanligt bland poliser och det saknades aldrig möjligheter att jobba över. Hauge hade kört så hårt att han till slut gick rakt in i väggen i en mental utmattning. Det tog 18 månader innan han kunde komma tillbaka till jobbet igen och då arbeta endast någon eller några få timmar om dagen. Hans läkare hade ordinerat ett lugnare arbete och han hade hamnat som ansvarig för avdelningen med beslagtagna saker i källaren på Polishuset. Hauge upptäckte med tiden att arbetet passade honom som handen i handsken. Han längtade inte tillbaka till gatan och hans ordningssinne var som klippt och skuret för detta arbete.

Bengtsson slöt ögonen medan han njöt av de sista dropparna kaffe. Han satte ner den tomma koppen bredvid Hauge.

- Så, skall vi försöka få gjort något vettigt idag.

- Ja, jag behöver röra på mig. Vad behöver du?

- Jag behöver lådan med de saker de plockade in från Konrad Nielsens lägenhet. Du vet, bomb-dådet igår.

Huage började knappra på sin dator och hittade snabbt en kod som motsvarade den unika position i lagret där han kunde hitta Konrads saker. Han hade själv byggt systemet och lagt mycket tid på att inventera om lagret för att passa det nya systemet. Även om det initialt hade tagit mycket längre tid var Hauge övertygad om att Polisen skulle tjäna tid och därmed pengar på sikt. Det gamla systemet var i Hauges ögon uråldrigt och inte heller anpassat för den digitala verkligheten.

- Ge mig en minut så skall jag hämta sakerna.

Bengtsson hann knappt börja fundera på annat innan Hauge var tillbaka med en låda, stor som en skokartong.

- Här, detta är de saker som de fick med sig från lägenheten.

- Tack, jag får börja med att kika igenom vad vi har. Vet inte riktigt vad jag letar efter. Tack som fan för kaffet förresten. Vi syns säkert snart igen.

Bengtsson och Hauge skrattade en sista gång innan de skiljdes åt. Nu var det dags för Bengtsson att försöka få klarhet i vem Konrad egentligen var och hur mycket han visste.

I lådan fanns det en mobiltelefon av märket Samsung,

nycklar, en anteckningsbok, en mindre mängd kokain samt den pistol som Konrad hade haft på sig när han haffades utanför pizzeria Milano. Bengtsson tog med sig lådan upp till kontoret på sjunde våningen, sjönk ner i stolen bakom sitt skrivbord. Lådan placerade han framför sig. Polisen hade gått igenom Konrads saker tidigare men inte hittat något intressant. Han hade inga höga förhoppningar om att hitta något som de andra förbisett men de hade inga andra spår att gå på.

Anteckningsboken var i princip tom bortsett från de första sidorna som innehöll klotter, inte olikt det många människor ritade medan de pratade i telefon. Bengtsson kunde inte avgöra vad det ens liknade och bytte fokuset till mobiltelefonen istället. Telefonen var av märket Apple och modellen 3GS. Den var så gott som ren på information. Det fanns ingen samtals- eller sms-historik, troligen raderad av Konrad för att skydda sina kontakter tänkte Bengtsson medan han kollade över de andra apparna. Konrad hade inte laddat ner så värst många andra appar utan verkade nöja sig med vad som fanns installerat från början. I bildmappen fanns det två filmer och några få bilder. De flesta bilder var från helt vanliga miljöer som Bergen kunde uppvisa som t.ex. Hamnen, havet, hus, trafik. De kändes nästan slumpmässigt tagna i Bengtssons ögon, inget som kunde ge honom tips på vad Konrad visste.

De två filmerna var inte tagna i dagsljus och de var väldigt mörka. Det gick knappt att urskilja vad som filmats men Bengtsson tyckte sig se några mörka gestalter som stod stilla bredvid varandra. De såg ut att prata, Bengtsson skruvade upp ljudet så mycket det bara gick. Han uppfattade bara lösryckta ord, det var för långt avstånd till personerna i filmen och det blåste även vilket försämrade ljud-upptagningen på filmen. Filmerna gav inte något mer än att Bengtsson nu var relativt säker på att Konrad hört och sett saker han inte skulle ha gjort. Den stora frågan var bara vad.

Kapitel 10

Tisdag morgon och Patrick låg kvar i sängen trots att klockan var efter 9. Han kände sig stolt över sitt val att lämna klubben och kände att han med gott samvete kunde ligga och dra sig lite. Förhoppningsvis hade Jörgen lugnat sig och kanske även pratat med någon annan medlem för att vidga vyerna. Han vände sig om i den stora sängen, mot den delen av sängen som hans flickvän normalt sov på. Han gillade att kalla henne hans flickvän, det var en härlig klang i orden.

Platsen var dock tom. Lisa hade gått till sitt arbete, ett jobb på en mindre frisörsalong i Göteborg och för första gången på länge vilade inga tunga bekymmer på hans axlar. Livet skulle bli lättare att leva, han skulle inte behöva titta sig över axeln på daglig basis.

Aprilsolen träffade hans ansikte och smekningen var ljuv. Han blundade, kunde fortfarande känna värmen från Lisa trots att det var två timmar sedan hon gick. Västen med Chosen Ones emblem hade han hängt på stolen närmast hans sida av sängen. Han hade somnat naken efter att han och Lisa hade haft sex. Hon hade suttit uppe tills han kom hem, orolig för honom. Som hon alltid var. Patrick tyckte i början att det var irriterande men till hans försvar var han inte van vid att någon annan än bröderna på klubben brydde sig om honom. Med tiden hade det växt fram till något han uppskattade, att någon väntade på honom... oroade sig, tänkte på honom, ville honom väl.

Nu kunde han inte ligga kvar längre, längtade efter en god kopp kaffe och att få sträcka på sin stora kropp. Han satte sig på sängkanten, fötterna i storlek 46 träffade den mjuka mattan som Lisa hade lagt på sidorna av sängen. Patrick blickade ut över sovrummet. Bortsett från västen, som hängde snygg och prydligt, var det full kaos gällande resterande klädesplagg. Det hade gått hett till på natten.

Känslan från att äntligen tagit bladet från munnen och klivit av klubben var snudd på euforisk när han fick syn på Lisa. Hon var i princip den enda anledningen till att han vågade och hans känslor för henne svämmade över när han kom hem. Hon satt upp i sängen och väntade på honom. En liten bordslampa på ett sidobord lös upp precis så mycket att hon kunde läsa sin tidning utan större besvär.

Han hade precis tagit av sig västen och hängt den på stolen när hon hade rusat upp och slängt sig i hans famn. Den varma känslan av saknad och äkta kärlek gjorde honom varm... och kåt... Det var ett tag sedan de hade haft sex. Han hade varit fullt fokuserad på klubbens uppgifter och hans grubblande över sin framtid hade fått honom att bli inåtvänd tillsammans med Lisa. Allt det släppte nu. Nu var de äntligen fria, tillsammans.

Han hade inte haft några som helst problem att lyfta upp henne i sin starka famn, hennes ben slog sig runt hans midja. De kysste varandra. Han älskade hennes kyssar, hon var inte så vulgär som de andra lössläppta kvinnorna som brukade besöka klubben. Hennes kyssar var ömma, med lagom mycket tunga. Som om de viskade vackra kärleksord vid varje beröring.

Hans ena stora hand smekte baksidan på hennes huvud medan den andra handen höll upp henne med ett fast grepp om hennes skinka. Han kände det tunna nattlinnet och att hon inte bar några underkläder. Det fick honom rejält upphetsad, bara vilja ha henne mer. Han bar bort henne till sängen, la ner henne ömt på ryggen. Hennes ben hamnade en bit ifrån varandra och nattlinnet gled upp mot midjan på henne, blottade hennes ljuva grotta för honom. Varm och välkomnande.

Vid detta laget var upphetsningen så stor att hans övriga kläder slets av kroppen. Det tog inte många sekunder innan han stod där, nästan två meter lång och som gud skapade honom. Med en styv lem och hans framtid framför sig. Lisa log, han log tillbaka. Hon sträckte ut sina armar, visade vad han betydde för henne. Han la sig försiktigt mellan hennes ben, drog upp nattlinnet och kysste hennes mage. Hon slöt ögonen och tog tag i hans huvud. Han visste att hon gillade det. Han kysste henne hela vägen upp till hennes hals, via hennes fylliga bröst. Hon andades tungt. De tittade varandra i ögonen, utan att säga ett ord till varandra. De visste. De kände det på sig. Det här var helt rätt.

De möttes i en het kyss och han gled samtidigt in i henne. Hon suckade till, la sin hand på hans rumpa och bara njöt av få ha Patrick för sig själv. Utan klubbens inblandning, utan farliga uppdrag och sena nätter. Medan han kysste hennes hals kunde hon inte hålla tårarna borta. Det var glädjetårar som föll nedför hennes kinder och de hade fortsatt att älska i nästan två timmar.

Känslan från natten satt kvar och Patrick gick runt med ett leende på läpparna medan han letade efter sina kalsonger. Han skrattade för sig själv åt röran medan han plockade upp plaggen, ett efter ett. Västen lät han hänga kvar på stolen. Han tog på sig jeansen och en vit T-shirt från garderoben. På vägen ut mot köket passerade han en stor spegel, han stannade till och begrundade sig själv. Spegelbilden såg ut som vem som helst. Det gav honom hopp. Hopp om att kunna klara av övergången från en hårdför kriminell till en ansvarsfull pappa.

Patrick klev in med gott mod i köket i hans tvårums-lägenhet. De bodde ännu inte tillsammans men senaste tiden hade Lisa spenderat så pass mycket tid där att det kändes så för Patrick. Det var en känsla han helt klart kunde tänka sig kunna leva med. I de vita överskåpen hittade han en kopp och lite bönor. Han gjorde i ordning kaffemaskinen lugnt och metodiskt, idag hade han inte bråttom. Även om det var tisdag, en dag som många normalt sett arbetade, så hade han inget inplanerat. Åtminstone inte nu när han hade klivit av klubben.

Hans tanke var att han skulle ge Jörgen och de andra klubbmedlemmarna en stund för att reflektera över hans beslut och sedan kontakta dem senare på eftermiddagen. Det borde vara lagom tänkte han medan han satte sig på trästolen och blickade ut över gatan utanför. Kaffet hade nog aldrig smakat så gott som det gjorde och han var upprymd av bra känslor.

Klockan började närma sig halv elva på förmiddagen. Hans stillsamma stund i vårsolen avbröts av att hans mobiltelefon ringde. Han hade inte haft en tanke på telefonen på hela morgonen och sträckte sin hand långt ner i framfickan på jeansen för att plocka upp den. Han kände inte igen numret. Han väntade några sekunder med att svara, osäker på vem som fanns på andra sidan linjen.

- Ja, det är Patrick.

Rösten på andra sidan var en kvinnas röst, på gränsen till hysterisk.

- Det är Annicka från Salongen. Lisa.. Herregud... kom, kom fort. Jag visste inte vem jag skulle ringa.

Patrick ställde sig upp så fort att han välte ner två stolar, kaffekoppen föll till golvet och färgade golvet och de närliggande underskåpen i mocka-brun färg.

- Vad? Vad har hänt? Ta det lugnt, berätta.

- Hon var varit med om en olycka. Jag förstår inte, hon skulle ju bara handla fika.

- Har Lisa skadad sig? Har det varit en olycka?

Kvinnan på andra sidan linjen snyftar, rösten hade gått

från hysteriskt hög till matt och låg.

- Jag vet inte, det... det är fullt med poliser och ambulans. Vi vet inget. Det hände precis utanför salongen, hon skulle ju bara gå över vägen. Mitt på övergångsstället, hon blev påkörd.

Det gick en rysning längs ryggraden på honom. Han avslutade samtalet och rusade ut mot sin motorcykel, räknade kallt med att kunna vara vid olycksplatsen på 10-15 minuter mot normala 25 minuter. Fanns inte ett rödljus eller en bilkö i hela Göteborg som kunde stoppa honom från att så fort som möjligt komma fram till Lisa.

Medan han susade fram, klart över tillåten hastighet, började hans tankar att vandra runt. *Kunde klubben vara inblandad? Jörgen? Hans vän?* Patrick visste inte vad han skulle tro men förr om åren hade de straffat medlemmar som lämnat på ett hänsynslöst sätt. Allt för att behålla statusen på klubben och för att hota personen i fråga till tystnad om klubbens oegentligheter. Då inga medlemmar hade slutat senaste 4-5 åren var det ett bra tag sedan Patrick varit inblandad i något sådant.

Han drog på gasen på sin Harley Davidsson och gled förbi ett tiotal bilar på några få sekunder. Hans sinnesstämning började bli allt mörkare. Det kunde inte vara en slump att han kliver av som medlem och att enda anledningen till detta råkar ut för en olycka, tänkte han.

Motorcykeln bromsade in från full fart till stillastående på några få sekunder, det skrek i däcken. Olycksplatsen var full med folk, både nyfikna och poliser samt en ambulans. En polisman reagerade på hans hastiga inbromsning och började gå mot honom. Patrick sprang nu mot området men hejdades av polisenmannen som med ena handen på hölstret och den andra demonstrativt hölls upp i en stopp-gest mot Patrick. Polisens handflata träffade mitt i bröstet på Patrick.

- Lugna dig, vem är du?

Patrick var klart större än polismanne och fick genast ett

övertag, han kastade polisen i marken och rusade vidare mot ambulansen som stod på övergångsstället. Hans adrenalinnivå var så hög att han knappt visste vad han gjorde, han slet i folk. Ville ha svar.

- Var är Lisa? Var fan är hon? Är hon okej?

Han kände ett rapp över benen och sjönk ner på knä. Polismannen hade kommit tillbaka, denna gången med en kollega och Patrick brottades ner. Han hamnade på magen, med två polismän över sig. De bröt upp armen på ryggen på honom, fick på honom handklovar. Medan hans huvud var nertryckt i marken var hans blick riktad mot baksidan på ambulansen. Den ena dörren stod på glänt. Han såg människor inne i ambulansen som frenetiskt jobbade med något. Det såg ut som om de hade en människa på båren, en person de försökte få liv i. Han var väldigt rädd för att det skulle vara Lisa.

- Släpp mig för helvete, det är min tjej som blivit påkörd.

- Lugn, lugna dig nu för fan.

Patrick kom ingenstans, Poliserna hade det under kontroll. Han lugnade sig, insåg att han var tvungen att sköta detta på ett bättre sätt. Risken var annars stor att de insåg vem han var och tog chansen att sy in honom för motståndet. Han hade som tur var inte sin väst på sig, han såg ut som vem som helst i Polismännens ögon.

- Ja, jag är lugn men jag måste få veta. Vad har hänt, är hon okej?

De reste Patrick upp. Han hade fortfarande armarna bakom ryggen, fäst i handklovar. Han försökte vara så lugn han kunde, allt medan alla hans celler i kroppen ville annat.

- Det har varit en olycka, vem är du?

- Jag heter Patrick Larsson, det är min tjej som blivit påkörd. Lisa Andersson... hon jobbar på salongen rätt över gatan.

Poliserna tittar på varandra, nöjda med svaren. De låser upp hans händer.

- Ok, se nu till för fan att vara lugn så löser vi detta. Så här ligger det till. För en halvtimme sedan blev offret påkörd av en personbil. Föraren smet från platsen enligt vittnen och tyvärr har vi bara vaga signalement på bilen, det gick förmodligen väldigt fort.

- Offret? Är hon död?

Patrick var i upplösningstillstånd inombords, han behövde svar. Han ansträngde sig för att inte kasta polismännen i backen igen och rusa mot ambulansen. Han kunde verkligen inte riskera att bli inburad nu.

- Stå kvar här, jag skall kolla med ambulans vad som händer.

Den ena polismannen gick iväg till ambulansen, klev in och stängde dörren helt efter sig. Några minuter försvann, minuter som kändes som timmar för Patrick. Dörren bak på ambulansen öppnades igen och samma polisman kom med raska steg tillbaka mot dem.

- Kom, vi sätter oss i bilen.

- Men... vad händer? Är hon okej?

- Kom, du kommer få alla svar men vi tar det inte här.

De gick iväg till polisbilen som stod några meter bort. Patrick misstänkte det värsta. Kroppen blev matt och trött, som på en given signal. Hans axlar sjönk ner, som om han väntade på riktigt dåliga besked. Han satte sig i baksätet med den ena polisen, den andra satte sig i förarsätet och vände sig bakåt mot Patrick med en nedstämd min.

- Jag har dåliga nyheter Patrick.

Patrick fyllde sitt ansikte med sina händer. Han vrålade rakt ut i ren ilska.

- Faaan, är det sant?

- De kunde inte rädda hennes liv, hon dödförklarades för några minuter sedan. Vi är hemskt ledsna.

Det hade inte funnits många tillfällen i Patricks liv då tårar hade runnit ner för hans kinder men det här var ett av dem. Hela hans framtid raserades på en gång. Han befann sig i ingenmansland, varken medlem i klubben eller tillsammans med Lisa. Han torkade tårarna, harklade till och försökte komma tillbaka till verkligheten.

- Kan jag få se henne?

Polismannen i framsätet var en erfaren polis, han visste att människor i denna situationen behövde ett avslut. Ett avslut som de ofta fick när de fick se den döda kroppen, detta oavsett hur smärtsamt själva processen kunde vara.

- Ja, det löser vi. Häng med mig.

De klev ur polisbilen och gick med lugna steg bort mot ambulansen. Dörrarna var nu helt stängda, de stannade till några få meter från ambulansen. Polismannen vände sig mot Patrick och la handen på hans axel.

- Vänta här, jag kommer alldeles strax.

Polismannen knackade på ambulansen och dörren öppnades lite på glänt.

- Vi har en av offrets närmast anhöriga här, han vill se henne.

Patrick hörde inte svaret men några sekunder senare öppnades dörren mer och polismannen vände sig mot Patrick.

- Kom, följ med in.

Polisen stod kvar utanför ambulansen och höll upp dörren, lät Patrick kliva in. I mitten på ambulansen stod en bår med två ambulans-sjukvårdare, en på var sida. Personen på båren hade ett skynke över sig, bara fötterna stack ut. Patrick mådde illa, han stirrade på samma fötter som han så ofta hade smekt hemma i lägenheten. Den ena foten hade blodstänk på sig. Patrick gick fram mot sjukvårdaren som stod vid huvudänden av båren. Han bara stod stilla, visste vad som skulle hända. En av sjukvårdarna lyfte på skynket, Lisas oskuldsfulla ansikte blottades. Bekräftelsen slog honom i magen... hårt. Han sjönk ner på den lilla britsen bakom sig. För andra gången denna kvällen föll det tårar nedför kinderna på honom. Hon var verkligen död. En av sjukvårdarna la sin hand på hans axel.

- Vi är hemskt ledsna. Tyvärr klarade inte heller barnet sig.

Patrick tittade inte ens upp, Han begravde återigen ansiktet i sina stora händer. Kroppen började skaka. Tankarna som kom över honom var blandade och starka. En del av honom var bara fruktansvärt bedrövad, förkrossad över att förlorat sin livspartner på ett så hänsynslöst sätt. En annan del av honom brann av hämndlystnad på de som hade gjort det. Han trodde inte ett ögonblick på att det var en slump och att en anonym smitare hade kört på henne. Det här var en hämnd från klubben, från hans bästa vänner. Det var Patrick så gott som säker på.

Det var nästan lunchtid och han såg genom ambulansöppningen att det strömmade ständigt till människor till olycksplatsen. Han kände sig obekväm, både med sina tankar och att vara nära platsen där resten av hans lyckliga liv rycktes ifrån honom på ett brutalt sätt. Han hoppades att hon hade sluppit lida.

- Dog hon direkt?

Sjukvårdarna tittande på varandra, mannen som fortfarande höll sin hand på Patricks axel svarade med en lugn och förtroendegivande röst.

- Hennes hjärta hade stoppat när vi kom och vi fick aldrig igång det igen. Enligt vittnen som var först framme så var hon stilla och andades inte. Med största sannolikhet dog både hon och barnet direkt.

Patrick kände en viss lättnad, ingen god människa förtjänade att lida. Allra minst Lisa.

- Tack, kan jag gå nu?

Polismannen, som hade klivit in efter Patrick och stått tyst i slutet på ambulansen harklade till.

- Ja, lämna dina kontaktuppgifter till mig så kan du få gå om du vill. Är det säkert att du klarar dig? Du behöver ingen hjälp? Vi har bra personal för att hantera denna typen av olyckor som ofta kan skapa trauma hos överlevande partners.

Patrick visste vad som behövdes göras men en psykolog var inte det han behövde just nu.

- Tack, men jag klarar mig.

Polismannen såg på Patrick att han var ärrad, gissade att han hade både varit med om och sett en del i sitt liv.

- Ok, men se till att ha vänner nära dig den närmsta tiden. Folk du kan prata med om du behöver.

Patrick klev ur ambulansen, lämnade sina kontakt-uppgifter till polismannen och hoppade upp på sin motorcykel igen. Han snirklade sig igenom avspärrningarna som hade kommit upp och rullade hem mot sin lägenhet, full av tankar på hur han skulle gå vidare. Hans första tanke var att skaffa tyngre vapen och helt sonika knalla in i klubbhuset för att göra rent. Det var den gamla Patrick som tänkte, den kriminella och hårdföre människan. Han gav den tanken lång tid. Så pass lång tid att han hann komma hem till lägenheten utan att någon annan tanke hade poppat upp i hans förvirrade skalle.

Hur kan jag straffa dem bäst? Förtjänade alla att dö? Oavsett vem som kört bilen, vem som gett ordern och vilka andra som visste och därmed gav sitt godkännande så var han säker på att de skulle få betala. På något sätt. Han parkerade motorcykeln och gick in i lägenheten. Han stannade till några meter in i hallen, tog några djupa andetag. Lägenheten kändes annorlunda, som om han inte riktigt passade in där. Detta trots att han hade haft den i många år och att det bara var på senaste tiden som Lisa börjat spendera allt mer tid där.

Kängorna fick vara på, städning var det sista han tänkte på just nu. Han gick in till köket, tog fram glas och en flaska whiskey. Satte sig lugnt till bordet och hällde upp ett rejält glas som han direkt svepte rakt upp och ner. Det dundrade i bordet när han satte ner glaset. Blicken var tom och riktad rakt ut i rummet. Hans hjärna höll fortfarande på att processa dagens händelser och hur han skulle gå vidare. Han visste att han skulle åka in på livstid om han hade ihjäl de forna kamraterna på Hisingen. Även om han inte tyckte att han hade mycket kvar att leva för så var detta inte en idé som han ville genomföra. Döden vore ett för snällt straff, han ville att de skulle lida. Som han hade gjort.

Det var fortfarande ljust ute, tiden var mitt på dagen och träden utanför hade börjat få knoppar. Det var vår i luften. En tid för förhoppningar. En tid att se framåt. Han började fundera i andra banor, kanske kunde han utnyttja situationen att det fanns knark för en ansenlig summa pengar i klubbstugan. Oavsett vilka som fanns i lokalen vid en eventuell razzia så skulle alla ändå åka dit då de högst troligen var höga på ladd eller annat tänkte han. Jörgen hade några domar sedan tidigare och skulle med all sannolikhet åka in på en längre tid denna gång.

Han började gilla idén, att samarbeta med polisen och sätta dit de som dödade Lisa. Det skulle innebära kännbara straff och han själv skulle kunna komma undan trots sin inblandning i knarkaffärerna. Att gola på sina vänner var egentligen inget han var särskilt stolt över men han hade bestämt sig för att försöka leva ett laglydigt liv framöver. Han funderade även i banorna att kanske flytta från Göteborg. Om inget annat så tänkte han att han kanske blev tvungen till det när han tjallade på sina forna klubbkompisar.

Han tog fram sin laptop som stod kvar på köksbordet och sökte fram Göteborgpolisens hemsida. Under "kontaktuppgifter" hittade han ett tipsformulär och började skriva sitt ärende. Han lämnade även ut sitt telefonnummer och bad om diskretion i rutan för kompletterande uppgifter. Den blåa knappen med texten "skicka" lyste upp sidan och han hade fingret på knappen. Han avvaktade lite, funderade på om det var värt det. *Kunde de få reda på att det var han? Vad skulle hända när det kom ut?* Tankarna flög runt i hans huvud, hans finger började darra. Till slut bet han ihop och klickade på knappen. En sida med texten; "tack för ditt tips..." visades efter några sekunder.

Nu börjar det, tänkte han tyst för sig själv och stängde locket på laptopen.

Kapitel 11

Bengtsson njöt av sin Spaghetti Bolognese. Han hade tagit en tidig lunch då fallet med Konrad och Turkarna ändå inte kommit något vart under förmiddagen. De hade kört fast, personerna högst upp i hierarkin hos knarklangarna hade gått under jorden och Konrad likaså. Restaurangen låg på en liten sidogata, inte speciellt långt från polishuset och var en av Bengtssons favoritrestauranger. Hit gick han gärna för en lunch, oftast ensam. Han var ingen ensamvarg i den bemärkelsen men gillade att äta själv.

Han blickade ut genom det lilla fönstret med spröjs och lät en tugga av den utsökta spaghettin sköljas ner med en klunk vatten. Utanför fönstret var det inte speciellt mycket trafik, inte heller många människor som passerade. En lugnande oas i en storstad brukade Bengtsson säga när han beskrev den för andra. Inredningen var relativt spartansk på den lilla ytan, något som passade Bengtsson. Det minimerade risken att träffa på folk som kunde störa honom i vad han tyckte var hans enda lugna stund på dagen. Jobbet som Poliskommissarie var hektiskt och och att kunna unna sig en tyst, lugn lunch var en ren lyx i hans vardag. Han tyckte dessutom att han kunde nyttja tiden till att tänka istället för att snacka bort tiden på oväsentligheter tillsammans med andra.

I samband med att han fick in en rejäl skopa mat i munnen började hans mobiltelefon ringa. Typiskt tänkte han, alltid taskig timing. Han fiskade upp telefonen från kavajfickan relativt snabbt men var tvungen att vänta 5-6 sekunder på att svara medan han frenetiskt försökte tugga ner maten. Övriga gäster började titta med irriterande blickar medan hans mobiltelefon ljöd i en, vad Bengtsson tyckte, allt högre och högre ton. Han svalde den sista tuggan av spaghettin och svarade med en låg, dämpad röst samtidigt som han nickade ursäktande mot de övriga gästerna.

- Ja, det är Bengtsson.

- Hej chefen, Trond här. Du måste komma in. De har hittat Konrad.

Bengtssons lugn utbyttes mot upphetsning på bråkdelen av en sekund. Stolen ramlade bakåt när han ställde sig upp i en hastig rörelse. Hans röst höjdes genast några oktaver.

- Äntligen, har ni plockat in honom? Se nu för fan till att han inte försvinner igen.

Det blev tyst i några sekunder på andra sidan av luren. Trond Berg harklade sig och gav lite trevande ett svar.

- Hrm... nej... öh, vi har inte honom i förvar alltså. Han hittades död i ett oljefat nere i hamnen för en en stund sedan.

- Va? Konrad? Är ni säkra?

- Ja, av vad jag vet så har de säkrat identiteten. Jag kan skicka adressen till dig om du vill åka dit direkt. Det finns patruller på plats, brottsplatsen är avspärrad.

Bengtssons normalt lugna beteende på restaurangen hade förbytts mot en ivrig, högljudd variant i takt med samtalet. Resten av lunchgästerna tittade åter på honom med irriterade blickar men det bekom honom inte vid detta laget. De hade fått ett genombrott och även om Konrad var bragd till livet så kanske något vid brottsplatsen kunde ge dem bindande bevis mot förövarna.

- Ja, för fan. Gör det, jag sticker direkt.

Bengtsson struntade i det sista på tallriken, tog sin rock under armen och sprang förbi kyparen i farten på väg mot dörren.

- Måste sticka, kommer in senare och betalar.

Som stamkund hade Bengtsson förtroendet att kunna göra så, detta var inte första gången heller. Otaliga gånger hade han kommit på saker i sista sekunden, sett brott eller efterlysta utanför eller helt enkelt bara glömt bort det. Restaurangägaren var vid detta laget ganska van att Bengtsson gick förbi på vägen hem och reglerade skulden.

Det tog endast några minuter att nå polishuset och i garaget stod hans silverfärgade Toyota Corolla av årsmodell 2009. Bilen var ett år gammal men såg i princip helt ny ut, den hade inte gått många mil i Bengtssons ägo. Det var så pass sällan som han körde så han lät den oftast stå i garaget i polishuset av rent praktiska skäl. På så sätt slapp han även ha den stående på gatan utanför lägenheten och riskera allt från parkeringsböter, repor och att behöva skrapa rutor på vinter.

Bengtsson slängde ett öga på telefonen och memorerade adressen som han hade fått i ett sms. Det var en gata nere i hamnen, så mycket visste han. Under hans första tid i Bergen och speciellt i de fall då han själv var tvungen att köra gick gps'en på högvarv men med åren hade Bengtsson lärt sig att hitta. Adressen i hamnen var dessutom en brottsplats och han tänkte att det skulle bli svårt att missa avspärrningar och de andra enheterna på plats när han väl kom i närheten.

Han svängde ut från garaget och körde i riktning mot hamnen. Lunchtrafiken var relativt gles och det tog inte lång tid innan han nådde bron över Damsgårdssundet. Bengtsson var på väg till ett äldre industriområde bestående av mindre och medelstora företag. Av naturliga skäl låg det en hel del företag som hade med havet att göra och det var just ett sådant företag som var målet för hans resa. Adressen gick till ett företag på Damsgårsviejen, ett av Bergens äldsta företag som tillverkade båtar. Med åren och en sinande försäljning hade verksamheten blivit högst sporadisk och det var säkerligen inte så mycket folk i rörelse där. Ett perfekt ställe att ha ihjäl någon tänkte Bengtsson medan han klev ur bilen.

Han klev under tejpen som spärrade av ingången till området. En polisman några meter in på gården reagerade på hans ankomst och spände blicken i honom. Bengtsson var välkänd inom poliskåren och den uniformerade polisen gjorde ingen ansträngning att försöka stoppa Bengtsons färd in i det avspärrade området. De nickade mot varandra när Bengtsson passerade honom. Han vandrade bort mot två polismän som stod och pratade utanför en barack. Även de kände igen Bengtsson på långt håll, de slutade prata när Bengtsson kom fram till dem. En av polismännen var en kraftigt byggd man, Bengtsson tyckte att han såg ut som en gammal tyngdlyftare med armarna hängande utmed kroppen, som om han bar på några tunga hinkar.

- Hej, fick beskedet från centralen att du skulle komma.

- Ja, jag kom så fort jag kunde. Var är han? Vad har hänt?

Den kraftigt byggda polismanne fortsatte dialogen med Bengtsson utan att röra en fena.

- En av de anställda hittade Konrad för en stund sedan. Han skulle ut och ta en cigarett när han såg att dörren till baracken stod på glänt. Snubben fick en mindre chock när han undersökte baracken. Vi har en grupp som håller på att fråga ut honom just nu men han verkar grön. Vill du se liket?

Bengtsson tittade sig omkring, nickade bekräftande. Han såg ett antal mindre baracker på området, troligen där man byggde båtarna en och en. Företaget hade haft sin storhetstid på träbåtens tid och haft svårt att anpassa sig till de mer moderna sätten att bygga båtar. Metoder som troligen hade krävt stora investeringar, som det brukade vara tänkte Bengtsson.

Den kraftigt byggda polisen tog några steg mot dörren till baracken och vinkade till sig Bengtsson med en handgest.

- Häng med här.

Det var en mindre byggnad, såg ut som ett verktygsskjul i Bengtssons ögon. Polismannen öppnade med lätthet plåtdörren och de klev in i byggnaden. Baracken hade några mindre fönster som lät vardagsljuset dansa runt bland gamla verktyg, ställningar och oljetunnor. Det var dock relativt små fönster och det krävdes extra belysning för att kunna se och arbeta i baracken. I taket lös en äldre industribelysning och även om den hade några år på nacken så räckte det fint för Bengtsson, han såg vad han behövde.

Inomhus var det en ordentlig oreda och baracken såg inte ut att ha varit använd på många år. Bengtssons ögon vandrade runt i byggnaden, han såg tidigt ett antal oljetunnor i ena hörnet. Polismannen gick raka vägen dit och stannade vid en av tunnorna. Han tittade ner i fatet. Bengtsson var inte många steg efter och stannade även han till framför den tunnan som polismannen stod vid. Locket på tunnan var avlägsnat och de stod nu bägge två och tittade ner i den svarta sörjan. Bengtsson såg tydligt ett huvud sticka upp ur oljan. Huvudet visade tydliga spår av att blivit avtorkat men Bengtsson förstod att det var för att kunna identifiera mannen. Han kände igen ansiktet, det var Konrad.

- Vi har lyft upp honom en bit, torkade även av honom lite. För att kunna identifiera honom. Annars är allt orört.

Bengtsson stirrade ner i fatet, suckade högt.

- Ja, honom får vi inte ut något mer från. Har ni säkrat några andra spår i byggnaden?

- Nej, vi har gjort några tidiga kontroller på tunnan och dörren men inte hittat något som sticker ut. En del fingeravtryck men inget som har gett några träffar i våra register. Vi har folk som knackar dörr i området och skall även svepa hela byggnaden invändigt under eftermiddagen.

Bengtsson förstod ganska omgående att det rörde sig om ett proffsjobb och högst troligen skulle de inte heller hitta något.

- Lyft upp honom, torka av och få iväg kroppen på obduktion. Vi får se om vi får några svar den vägen.

Det fanns inte längre något de kunde göra. Obduktionen fick visa om Konrad dödats innan han placerades i tunnan. Kanske fanns det spår i kroppen som kunde leda dem vidare i fallet, en kula eller annat som kunde peka ut en ny riktning. Bengtsson visste att det skulle ta tid att få fram den typen av information. Han gick nu i sin mer karakteristiska, släpande stil tillbaka till bilen. Frustrationen av att inte komma närmare en lösning började ta på honom och han kände att en semester allt mer hägrade. Den långa vintern började sätta sina spår.

Att Turkarna hade haft ihjäl Konrad för något han visste var allt mer klart men exakt vad det var och hur de skulle få fast dem för brottet var gömt i dunkel. Han kände sig tom, tom på känslor och idéer. Fallet hade nu definitivt stannat av i samband med mordet på Konrad och det var tveksamt om det kunde ta ny fart.

Bengtsson satte sig i sin Toyota och bara stirrade ut genom framrutan en stund. Det var bara tisdag och veckan skulle säkerligen bli lång, detta oavsett utgång på obduktionen av Konrad. Det hände ju även annat i staden tänkte han.

Han vred om nyckeln, svängde runt bilen och lämnade området för att åka tillbaka till polishuset. Färden gick i maklig fart och han kände sig fortfarande tom. Fallet med Konrad och Turkarna hade upptagit den mesta av hans vakna tid senaste dygnen och nu fanns det inget kvar. Knarklangarna hade gått under jorden och Konrad kunde inte längre bringa ljus över fallet. Hans plan var nu att ta ett snacka med Olav Hauge på narkotikadivisionen. Kanske hade de mer information än vad han själv hade och det var helt avgörande för om han skulle lämna över fallet helt och hållet till dem.

Hans kropp kändes tung och i starkt behov av semester. Det var kanske dags för att besöka den Svenska västkusten tänkte han medan han gled fram i eftermiddagssolen. Det var trots allt ett tag sedan han besökte hans käre vän och före detta kollega Martin Lövgren. Med tre dagar kvar till helgen och en hel hög sparade semesterdagar så vore en resa ner till Göteborg inte bara lämplig utan även praktisk. Bengtsson hade inga andra pågående utredningar som krävde hans närvaro och var i starkt behov av att komma ifrån.

Bilen parkerades på sedvanliga stället i garaget på polishuset och han tog hissen upp till 7 våningen. Han klev ur hissen i riktning mot avdelning 4 i slutet på korridoren, hoppades att Olav fortfarande var på plats. Det var hans sista chans, att kunna hitta något som antingen gav utredningen ny fart, eller rent av avslutade den. Han såg att dörren till Olavs kontor var öppen på glänt och konturerna av en person gav indikationer att han var på plats. Bengtsson öppnade upp dörren och klev in, Olav satt djupt försjunken i pappersarbete och tittade upp. Hans ansikte lyste upp när han såg Bengtsson och det var precis som om han hade längtat efter någon som kunde avbryta hans pappersarbete.

- Nämen, tjenare Rolf. Kommer du på besök?

Bengtsson drog lite på smilbanden och försökte se lite glad ut även om förutsättningarna inte var de rätta.

- Hörde du att de har hittat Konrad? De jävlarna hade sänkt honom i en tunna olja i hamnen.

- Ja, fick precis höra det. Ett jäkla öde. Har ni säkrat några spår efter förövarna på platsen?

Bengtsson satte sig i besöksstolen med en djup suck medan han drog handen genom håret.

- Tekniker finkammar platsen just nu och vi får avvakta den rapporten men de första indikationerna är att det saknas spår. Det här är proffs som vi har att göra med och jag är tveksam till att vi får reda på vad som egentligen hände och vem som gjorde det. Så klart misstänker vi Turkarna, antingen direkt eller via någon form av torped.

Olav lutade sig bakåt i stolen, lade händerna bakom huvudet. Han såg bekymrad ut.

- Ja, mycket mer än så har jag inte heller tyvärr. Det är

knäpptyst bland mina informanter och det är precis som om Basir och de andra flytt landet. Vi har inte heller tillräckligt mycket på dem för att lysa dem internationellt.

Stämningen i rummet var tryckt. En tystnad uppstod, den kändes spontant välkommen för Rolf. Han behövde tänka. De både männen satt i någon minut och bara tittade på varandra. De var erfarna bägge två och visste att det var kört utan mer kött på benen gällande de misstänkta gärningsmännen. Bengtsson bröt tystnaden och reste sig upp.

- Jag lägger utredningen på is ett tag. Vi kommer inget vart utan Basir och de andra i ledningen. Mycket tveksam till att sådant här sprids ner bland fotfolket inom organisationen men springer ni på något så meddela mig så fort ni kan.

Olav nickade instämmande.

- Självklart Rolf, du är den första som får veta om vi hittar något.

Bengtsson klev ut ur rummet och hade nu bestämt sig, han skulle ta ut några dagars semester och överaska sin vän med ett besök. Han hade gjort så förr och älskade att se Martins glada min när han bara stod där utanför dörren. De senaste åren hade det bara blivit något enstaka besök om året och Bengtssons humör blev genast bättre efter beslutet. Han klev in på kontoret och ringde efter Politibetjent Trond Berg samtidigt som han samlade ihop all information han hade om fallet med Konrad. Planen var att lämna över utredningen till Trond och samtidigt dra ner på resurserna som arbetade med fallet. Konrad var död och fram till dess att teknikerna hittade något i hamnen eller om avdelning 4 får upp spåren på Turkarna så betraktade Bengtsson fallet som olöst och på is.

Det knackade på den halvöppna dörren och Tronds gängliga kropp gled in i rummet.

- Hej chefen, jag kom så fort jag kunde.

Bengtsson var inte riktigt klar med papperna och mötte inte Trond med blicken.

- Ingen fara, vi ser ut att ha all tid i världen nu med fallet. Det känns plötsligt iskallt.

Trond stod bara där, visste inte hur han skulle förhålla sig till Bengtssons påpekande. Han kände givetvis till att Konrad bragts om livet, det var ju trots allt han som ringde Bengtsson och meddelade, men hade ingen annan information.

En pärm slogs igen och kastades upp på skrivbordet. Bengtsson lutade sig demonstrativt bakåt och mötte Trond med blicken. Han gjorde en paus på några sekunder och blickade sedan ut genom fönstret på sjunde våningen.

- Konrad är som du vet död och de preliminära rapporterna från där vi hittade honom ger oss inga indikationer på vem som kunde ha gjort det. Självklart misstänker vi Turkarna eller någon som anlitats av dem men utan bevis är det svårt att gå vidare. Att de har gått under jorden underlättar inte heller utredningen så vi får lägga detta på is nu.

Trond nickade instämmande och tog några kliv fram mot skrivbordet.

- Okej, jag kan arkivera utredningen tillfälligt om du vill.

- Tack, det vore snällt. Lägg den som fortfarande aktiv. Det kan komma ny information från narkotika och i så fall överlämnar vi nog hela utredningen till dem. Vi får helt enkelt lägga kraften på det vanliga buset från och med nu.

Bengtsson överlämnade pärmen till Trond och återvände återigen till fönstret. Vårsolen lyste med stor kraft och träden hade redan fått sina första löv. Efter en lång vinter såg Bergen äntligen ut att få komma i sin sommarskrud. Det värmde Bengtssons hjärta, vintrarna tog mer och mer på honom nu för tiden.

- Jag kommer ta ledigt några dagar, åker ner till Göteborg. Nås givetvis på mobilen om det är något men försök hålla det till de allra viktigaste sakerna. När du får rapporten från teknikerna om brottsplatsen så kan du ringa.

Olav Hauge kommer kontakta mig direkt om de springer på något.

Trond växte några centimetrar till när han sträckte på sig.

- Självklart, jag håller dig underrättad chefen. Ha en trevlig vistelse i Sverige.

Bengtsson blev ensam igen utan att märka det, hans blick var återigen riktad mot fönstret. Han kände både ett lugn och en upphetsning på samma gång. Ett lugn på grund av att utredningen nu inte längre tog all hans vakna tid och en glädje av att få besöka sin vän igen. Det var nu över ett år sedan han besökte Göteborg och Martin Lövgren. Sedan Anita gick bort hade han haft svårt att skapa nya vänner, både manliga och kvinnliga. Han hade verkligen försökt men det var svårt att släppa in folk på livet, rädslan för att mista även dem var stor. Han visste att det var dumt att tänka så men tankarna spelade honom ett spratt varje gång och han svek allt som oftast de få som försökte. Olav Hauge var en av mycket få som lyckats komma nära. Bengtsson och Olav hade haft många, djupa diskussioner under åren och kanske därför som han inte lika ofta tänkte på Martin längre. Kanske därför han inte längtade hem till Göteborg mer än de gånger hans hjärna fick för sig att vandra söderöver.

Det var inte obligatoriskt att han informerade sina ledigheter för sin chef, Odd-Arne Bredal, men för att slippa diskussionerna i efterhand tog han initiativet att ringa upp honom på mobiltelefonen. Det gick fram några signaler sedan hörde han den barska rösten i luren.

- Hej Rolf, hur går det med utredningen?

Odd-Arne hade för vana att alltid svara med en fråga när man ringde honom. Bengtsson gissade att det hade med att han då kände sig lite viktigare och kunde styra samtalet.

- Vi har hamnat i en återvändsgränd. De hittade Konrad nere i hamnen för några timmar sedan och vi har inga som helst spår efter förövarna. Självklart misstänker vi Basir och de andra men de har troligen flytt landet.

- Vadå, menar du att ni lägger ner fallet nu?

Bengtsson väntade några sekunder på att svara i ett försök att ta över kontrollen över samtalet.

- Olav och grabbarna på Avdelning 4 letar vidare efter turkarna och kommer höra av sig så fort de hittar något. Vi andra drar ner bevakningen och jag fördelar över resurserna på befintliga utredningar. Vi kommer som sagt ingenstans och det troliga är att vi aldrig får veta varför Konrad dog.

- Okej, inte helt nöjd med utfallet men så blir det ibland. Hör av dig om utredningen tar ny fart. Jag måste meddela pressen om det senaste.

- Jag kommer ta ut några dagars ledighet och har lämnat över utredningen tillfälligt till Trond Berg. Behöver du mer information angående vad som har hänt så kontakta honom. Jag åker troligen redan nu i eftermiddag.

Det blev tyst i luren och Bengtsson trodde först att det skulle komma en utskällning för att han lämnar i privata angelägenheter. Han höll telefonen en bit från örat och var egentligen beredd på det mesta men förvånad kunde han konstatera att Odd-Arnes röst var lugn och samlad.

- Okej, det har varit några långa och omtumlande dagar för dig. Du kan må bra av lite ledighet.

Han ville inte äventyra Odd-Arnes oväntade och fina humör så han avslutade samtalet så fort han kunde.

- Tack, det behöver jag verkligen. Jag återkopplar så fort jag har något. Hejdå.

Bengtsson klickade bort samtalet och lade telefonen på skrivbordet framför sig. Hans puls hade legat på en hög konstant nivå i flera dagar men nu kom de varma känslorna över honom och han började känna ett lugn igen. Såg verkligen fram emot att slippa Bergen för några dagar. Staden var ofta blöt och kall under vintern, inte direkt Bengtssons favoritväder även om han hade lyckats vänja sig vid det mesta på de 6 år han hade spenderat där.

Han låste in sitt tjänstevapen i kassaskåpet bakom

skrivbordet, tog på sig jackan och begav sig ut från kontoret. Bengtsson vände inte blicken mot något annat än hissen som skulle ta honom ner mot garaget och bilen. Väl i hissen var det som om hans axlar sjönk ner som på beställning. Precis som om kroppen redan förstod att det stod semester på schemat. Han tittade sig i spegeln i hissen och log för första gången på ett tag, återigen skulle han få se solen skina över Poseidon.

Kapitel 12

Patrick låg på soffan i sin lägenhet, tog en välbehövlig eftermiddagslur. Inte på så sätt att han var speciellt trött men genom att slumra till så slapp han tänka på Lisa och allt som hade hänt. Sömnen gav honom en tillfällig ro. Soffan var väl använd och det hade inte tagit lång tid innan han fått till något som kunde kallas sömn. Det blev dock ingen långvarig tupplur.

Han vaknade till av att något gav ifrån sig ett ljud. Hans förflutna hade gjort honom misstänksam mot det mesta och reaktionen kom instinktivt. Han sträckte sig efter sitt vapen, en pistol som låg under soffkudden. Med sträckta armar siktade han rakt ut i rummet och hans sömndruckna ögon spanade efter faror. Det tog några sekunder för honom att förstå att det faktiskt var hans telefon som ringde.

Mobiltelefonen låg på soffbordet och både vibrerade samt ringde i en ilsken ton. Nästan som om den försökte säga till honom att det var ett viktigt samtal på väg. Patrick stoppade tillbaka pistolen under soffkudden och sträckte sig för att svara.

- Ja, hallå?

- Är det Patrick? Patrick Larsson?

Rösten på andra sidan luren var obekant, något som alltid fick Patrick att vara på helspänn och avvaktande.

- Vem är det som frågar?

- Det här är Kriminalkommissarie Martin Lövgren från

Göteborgs-polisen. Jag ringer då du hade kontaktat oss genom vår hemsida och att du kanske hade tips. Har jag kommit rätt?

Patrick kände till Martin Lövgren. De hade stött på varandra genom åren, både i fält och i en och en annan utredning. De var av förklarliga skäl inte direkt vänner och kände egentligen inte varandra mer än till respektive yrkesroll. Patrick kopplade snabbt ihop pusselbitarna.

- Inte över telefon, vi måste träffas.

Patrick var mer än lovligt paranoid och det med all rätt. Han hade under många år rört sig i kretsar där människor sänktes med betongskor i hamnen för att ha tjallat på fel människor. För skitsaker. Det han var på väg att göra skulle garanterat få honom dödad, utan pardon och troligen på ett av de värre sätten.

- Ingen fara, jag förstår. Kan vi träffas redan idag?

Martin Lövgren var van vid att hantera informatörer, som han kallade dem. Göteborgspolisen hade såväl rutiner som säkra platser i Göteborg med omnejd för träffar och informationsutbyte. Hans erfarenhet var att det var ytterst sällan som något gick snett, åtminstone innan dess att informatören blev avslöjad inom de egna leden. I de allra flesta fall berodde inte detta på polisen utan informatören själv.

- Ja, jag kan fan inte sitta här. Blir helt jävla galen av att bara stirra i taket. Var träffas vi?

Martin ville inte avslöja mötesplatsen på telefon, i fall den skulle vara avlyssnad. Platserna användes av flera instanser inom poliskåren och var hemliga av flera skäl. Om nu Patricks telefon var avlyssnad så visste de som lyssnade redan att han tänkte tjalla. Åtminstone kunde man få det intrycket av samtalet att döma. Det var en risk som han inte var villig att ta, han var dessutom tvungen att agera snabbt för att undvika eventuella vedergällningar och andra problem.

- Vi kan mötas, i stora garaget på första långgatan. Vid järntorget. Om 20 minuter. Fungerar det?

- Ja, jag kommer. Åker direkt, bågen står utanför.

Martin Lövgrens plan var att ta med Patrick till en närliggande säker plats i hans bil. En motorcykel skulle högst troligen bara väcka uppståndelse och det var det sista han ville. De var dessutom säkrare i hans civila polisbil med förstärkta rutor och stark motor. Om nu mot förmodan någon skulle försöka genskjuta dem vid träffpunkten.

- Parkera motorcykeln på första plan och ställ dig i närheten av den, jag hittar dig.

Patrick avslutade samtalet utan att svara och placerade telefonen i sin framficka på jeansen. Han begav sig ut till köket. Strupen var torr och han var tvungen att få i sig något innan han kunde göra något annat. Kylen var numera ganska välfylld, något han kunde Lisa för. Innan hon började spendera tid i hans lägenhet var öl, ägg och kalles kaviar i stort sett det enda som huserade i kylen. Han öppnade kylskåpsdörren och stirrade in bland juice, saft, mjölk och yoghurt. Nästan så att det var svårt att välja tänkte han. Hans grova händer greppade juicen och han drack direkt ut paketet. Det var inte läge för att vara civiliserad och han var ju faktiskt tvungen att rusa.

Några djupa klunkar senare befann han sig i hallen och rotade fram en jacka från en av garderoberna. Han tog på sig den svarta skinnjackan han hade hittat bakom en myriad av damjackor. Under de senaste 20 åren var de stunder då västen inte var på lätträknade. Patrick studerade sig själv i hallspegeln. Han såg helt plötsligt ut som vem som helst, något han faktiskt kunde tänka sig vänja sig med. Just nu var det dessutom en stor fördel, han ville inte riskera att kännas igen på västen. Det kunde innebära allt mellan flygande inspektioner på bågen, drog- och alkohol-kontroll m.m. Inget som han varken hade tid eller lust med just nu.

Motorcykeln stod precis utanför huset. Han brukade

parkera den på sidan av gången som ledde från gatan upp mot porten. Ingen i huset vågade ändå säga något och dessutom slapp han betala för parkeringen, en perfekt lösning i hans värld. Han spenderade den mesta tiden i klubbhuset ute på Hisingen så det var trots allt inte så ofta som motorcykeln stod utanför lägenheten. En detalj som övriga grannar borde ha överseende med brukade han tänka.

Normalt sett körde Patrick en bra bit över gällande hastighetsgräns men idag var ingen normal dag. Han skulle snacka med polisen, på eget initiativ. Något han aldrig gjort förut. Körde han lagligt skulle han ändå kunna ta sig till Första Långgatan på 15 minuter, det räckte gott och väl tyckte han. Han såg ingen anledning att vara för tidig till ett sådant här möte, speciellt inte med tanke på den risken som fanns om samtalet hade avlyssnats.

Patrick gled fram i höger körfält i en laglydig hastighet, dessutom med hjälmen på huvudet. Han inbillade sig att han såg ut som en helt vanlig Göteborgare som var ute på en eftermiddagstur med motorcykeln. Hans Harley Davidsson var förvisso en kult-båge bland motorcykelgängen men alla med pengar hade samma möjlighet att köra en. Det fanns gott om HD's i Göteborg och just nu stack inte Patrick ut alls. Våren hade kommit till västkusten, han var långt ifrån ensam om att köra motorcykel denna eftermiddag.

Solen värmde hans ansikte och för en liten stund fick han andrum från de mörka tankarna som hade upptagit hans sinnesstämning sedan olyckan med Lisa. Det blev helt plötsligt klart för honom. Han mindes. Det här var huvudanledningen till att han startade klubben; att få meka, åka motorcykel och känna sig fri från samhällets bojor. Samtidigt som hans tankar gled tillbaka till varm asfalt och känslan av att känna vinden i ansiktet så skämdes han för hur hans liv hade utvecklats. Han skämdes för all skada han orsakat och lovade tyst sig själv att ställa allt till rätta.

Martin Lövgren gled i sin silverfärgade Volvo längs 1:a

långgatan. Parkeringshuset, där de hade stämt träff, dök upp på höger sida efter bara 150 meter och han slog laglydligt på sin blinkers. Samtidigt som han tittade runt av rent trafikvett så letade hans skarpa ögon även efter potentiella hot. Han ville säkerställa att han inte var förföljd, att ingen väntade på dem. Han stannade bilen precis utanför garaget, stängde av motorn och sjönk ner en bit i förarstolen. Han ville vänta in Patrick, ha kontroll på situationen. Det var trots allt en av Göteborgs värsta buse han hade att göra med och som rutinerad polis tog han inga risker. Det hela kunde lika gärna vara en fälla tänkte han.

Martin hörde plötsligt ett öronbedövande dån och vände blicken hastigt bakåt. Det var Patrick som gled förbi honom, motorcykeln svängde lugnt och stilla in i garaget. Det var svårt att smyga med en Harley Davidsson tänkte Lövgren och startade bilen. Han gav Patrick någon minuts försprång så att han skulle hitta en parkeringsplats och körde sedan sakta in i garaget. Han såg Patrick stå bredvid sin motorcykel ca 50m in i garaget på första plan. Bilen fortsatte mot Patrick i krypfart och stannade till precis bredvid. Deras blickar möttes. Lövgren vinkade till sig Patrick som gick runt bilen mot passagerarsidan. Martin lät blicken vandra runt i garaget ytterligare en gång för att säkerställa att de var ensamma.

Volvon var ingen liten bil men Patrick var å andra sidan inte heller en liten man. Lövgren iakttog hur den långa, svartklädde gängmedlemmen försökte få plats och drog lite lätt på smilbanden. Patrick klämde in sig i passagerarsätet, drog igen bildörren och spände ögonen i Lövgren.

- Hej, vart skall vi?

Kriminalkommissarien lade omedelbart i ettans växel och rullade iväg, ut ur garaget. Han kastade över en tygbit som landade i Patricks knä.

- Vi skall till en säker plats, ju mindre du vet desto bättre. Ta på dig huvan, vi kommer åka till ett av polisens säkra gömställen och för allas säkerhet så är det viktigt att platsen förblir säker.

Patrick grymtade till. Han riktade blicken rakt fram medan han tog på sig den svarta huvan, försökte slappna av. Han var känd som en stenhård kille och alla tidigare konfrontationer med polisen hade varit av de mer konflikt-baserade slagen. Nu satt han med en svart huva neddragen över ansiktet och skulle tjalla på alla hans tidigare kamrater, något han aldrig trodde att han skulle kunna göra. Han intalade sig att det nu var helt andra förutsättningar, förutsättningar som rättfärdigade hans handlingar. De hade trots allt haft ihjäl Lisa, tagit ifrån honom allt. Tagit ifrån honom lusten att leva.

Patrick var dock villrådig. Han hade inte ens tänkt klart angående vad han egentligen ville, hur han skulle gå vidare. Behövde han gå under jorden? Flytta från Göteborg? Kanske rent av utomlands? Tankarna var många och upptog i stort sett hela bilfärden till slutdestinationen. Han satt tyst i mörkret under huvan, funderade.

Bilen tog sig till slut fram in i ett mindre villaområde i utkanten av Majorna. Lövgren saktade in i närheten av ett vitt tegelhus. Bilen svängde av in på uppfarten som sträckte sig längs hela sidan på huset och en bit in på baksidan.

- Så, då är vi framme. Ta inte av dig huvan än, jag leder in dig i huset.

Han stannade på baksidan av huset i slutet på uppfarten och gick runt bilen för att leda Patrick in i huset genom bakvägen. Det såg ut som en helt vanlig mindre villa och ingen kunde misstänka att polisen använde platsen för sina behov. Då man kunde köra bilar långt in på tomten och det fanns höga buskar som gränsade till grannarna var det helt skyddat från insyn. Poliser kunde med lätthet köra runt huset och leda in personer utan att nyfikna människor fick kunskap om det.

Han tog tag i Patricks arm och ledde in honom i villan

genom en altandörr på baksidan. De gick snabbt igenom ett vardagsrum, bort mot en trappa i trä som ledde ner mot källaren.

- Nu skall vi nedför en trappa, ta tag i räcket på sidan och gå försiktigt ner. Trappan är för smal för att vi skall kunna gå bredvid varandra.

Patrick fumlade några sekunder men fick tag i ett träräcke. Han satte sina grova kängor på trätrappan, ett steg i taget. Det gick förvånansvärt bra och det tog inte många sekunder att gå ner till källaren. Patrick stannade till när han kom ner till plant källargolv och inväntade instruktioner. Han kände hur huvan avlägsnades och det stack till i ögonen av det skarpa ljuset.

- Satan, du kunde väl för helvete varnat mig för ljuset.

- Du överlever. Kom, vi sätter oss i sofforna.

Mitt i rummet stod två gula soffor i tyg. Patrick gav dem en lång blick och konstaterade att de inte var inköpta senaste 10 åren. Hans ögon hade vi detta laget anpassat sig till ljuset och han klev med raska steg iväg i riktning mot sofforna. Martin hade redan hunnit sätta sig ner i en av sofforna.

- Så, som jag förstår det så vill du ut?

Patrick stod fortfarande upp, slog nästan huvudet i det låga källartaket.

- Ja, som jag skrev så har jag information.

Han lyssnade på Patricks sammanfattning om vad som hade hänt de senaste dygnen. Festerna, knarkimporten och Jörgens reaktion på hans förfrågan om att få lämna klubben. Patrick blev allt mer upphetsad, mening för mening.

- Vi måste agera snabbt, kan ge mig fan på att de flyttar laddet så fort som möjligt. De tar en jävla risk med att ha det ute i klubbhuset. Kan du inte bara samla ett gäng från insatsstyrkan och åka ut?

Martin drog handen längs hakan, avvaktade lite med att svara i ett försök att lugna ner diskussionen.

- Vi måste vara smarta. De tar en minst lika stor risk

genom att flytta knarket och utan rätt tillstånd får vi inte den effekten vi vill ha. Vi vill även försöka sy in så många som möjligt och då är effekten som störst på kvällen när fler personer vistas i lokalen.

Patrick insåg att Kommissarien hade rätt i sak och satte sig i soffan mitt emot honom. Soffan var extremt mjuk och Patricks stora kropp sjönk ner en bra bit. Det fick honom att känna sig långt ifrån bekväm.

- Hur lång tid tar det att få fram de jävla tillstånden då, undrade Patrick medan han skruvade på kroppen och försökte hitta en bekväm sittställning i soffan.

Han iakttog den stora mannens kamp med soffan och drog på smilbanden för några sekunder innan han återgick till en mer allvarligare uppsyn.

- Patrick, berätta vad du vet. Jag behöver veta allt, egentligen så mycket du bara vet om vad som försegår i klubblokalen. Ju mer vi har på dem desto lättare är det att göra tillslaget och binda dem till så mycket som möjligt.

Patrick var fast besluten att sätta dit sina forna klubbkamrater och började berätta om hur det såg ut just nu, allt från hur mycket och var knarket förvarades till var och hur många vapen som polisen kunde hitta i lokalen. Även de starka misstankarna om att klubben låg bakom Lisas död kom fram och han märkte att han fick en klump i halsen när han berättade. Känslorna för Lisa var starka och inget var glömt, snarare tvärtom. Han var fast besluten av att de skulle få betala för vad de hade gjort, dyrt.

Martin halvlåg i soffan med sitt anteckningsblock och bara njöt av informationen, insåg att det nu var dags att sätta stopp för en av Väst-Sveriges största ligor inom utpressning, våld och droghandel. Polisen hade haft span på klubben i många år men saknat rätt information för att kunna få full effekt på de tillslag som gjordes då och då mot klubben. Man hade aldrig riktigt lyckats med timingen och bara hittat sporadiska mängder av narkotika och vapen. Nu var förutsättningar riktigt bra för att man skulle kunna sy in många av medlemmarna på långa fängelsestraff.

Efter en längre monolog och några kontrollfrågor var de klara. Martin tog upp sin telefon och ringde en åklagare för att kunna få till en husrannsakan ute i klubbstugan på Hisingen. Under tiden vankade Patrick runt i rummet, hans kropp hade stelnat till rejält i den gamla soffan. Han satte händerna i sidan och sträckte rejält på ryggraden.

- Satan, den där jävla soffan kan du allt få behålla du.

Martin bara log. Han reste sig, fortfarande med ett brett leende och gick fram mot Patrick med utsträckt hand.

- Patrick, det här kommer bli riktigt bra. Nu ser vi till att avsluta det vi har påbörjat.

Sedan tidiga tonåren hade Patrick alltid haft en dålig erfarenhet av poliser. Hans upplevelse var att de hade gjort allt för att sätta käppar i hans hjul, försökt göra hans liv så svårt som möjligt. Inte konstigt att han inte litade på någon inom polisväsendet men det var något speciellt med Martin. Ett lugn och en förståelse som fick Patrick att våga öppna sig. Det var första gången i Patricks 35-åriga liv som han tog en polis i hand, dessutom överens med varandra.

- Det kommer ta en stund att få till rätt tillstånd och vi behöver även gå igenom själva processen med insatsstyrkan så du får hålla dig undan ett par timmar. Har du någonstans du kan ta vägen?

Patrick var förvisso ivrig att få sin hämnd men insåg också att saker måste få gå rätt till. Han kliade sig i det mörka håret och funderade. I ärlighetens namn hade han ju spenderat den mesta tiden ute i klubbhuset på Hisingen, något som inte längre var möjligt. Hans gester, hållning och låga mungipor sa egentligen det som Martin redan misstänkte. Med en låg, nästan förtvivlad röst fick den stora knutten fram en mening fall i fall det behövde förtydligas.

- Hrm... nej, faktiskt inte. Alltså... jag är fan helt ensam nu.

Martin la handen på hans axel med en lugnade gest.

- Det är okej, du kan hänga här så länge du behöver. Det är lugnt, detta är en skyddad adress. Jag kan ringa in några civilpoliser som sköter säkerheten. Här är du säker. Känns det okej?

Patrick kände värmen och omtanken i erbjudandet, han fick inte fram ett ord. Som uppväxt i en hård miljö och stora delar av sitt vuxenliv på fel sida lagen var detta en situation som han inte var så van vid. Han nickade och mötte Kriminalkommissariens ögon. Under några sekunder sades inget, bägge förstod. Patricks min förändrades under den tysta perioden och ett leende tog form i det grova ansiktet. Han sjönk ner i den djupa soffan igen och Martin tog återigen upp telefonen, denna gång för att ringa in de extra resurserna. Med telefonen fortfarande klistrad vid örat tog han vigt på sig jackan med den lediga handen och begav sig mot dörren samtidigt som han gav Patrick direktiv med en stadig stämma.

- Jag kommer tillbaka hit innan själva tillslaget, sköter planeringen hemifrån. Det kommer snart två civilklädda poliser, be dem legitimera sig om du känner dig osäker. Jag hör av mig senare.

Martin gick upp för den smala trappan och Patrick hörde hur altandörren låstes från utsidan. Han avslutade samtalet med polisstationen i samma sekund som han kom fram till bilen och som sin vana trogen gjorde han klart för sig att ingen såg honom när han hoppade in i bilen. Villaområdet var öde när den silverfärgade Volvon försvann i riktning mot Fiskebäck.

Martin levde ensam i en mindre villa strax söder om Göteborgs centrum. Han älskade havet och kopplade gärna av med att fiska eller bara åka runt längs västkusten med båten. Han hade haft ett par korta funderingar på att sälja huset när han blev änkeman för nästan 10 år sedan men beslöt sig för att stanna kvar. Läget var helt perfekt och det tog inte mer än 20-25 minuter in till kontoret, även de dagar när trafiken var som tyngt. Han behövde inte heller pengarna som en försäljning skulle kunna ge och bodde dessutom väldigt billigt. Huset var betalt sedan länge och den öppna spisen gjorde att han kunde hålla nere el-kostnaderna.

Inne i huset hade tristessen hunnit ifatt Patrick trots att det bara var några minuter sedan Martin försvann. Han hade tagit sig upp från källaren, vankade av och an i det spartanskt inredda huset. Det såg ut som om det mesta var inköpt på IKEA och visste man inte om det kunde man inte tro att det var ett av polisens säkra hus. Det fanns till och med fotografier, troligen bilder köpta på någon bildbank, i ramar snyggt och prydligt lite varstans i huset. Säkerligen för att man inte skulle misstänka något tänkte Patrick. Husvandringen fortsatte och han hade hittat till köket. Vitvarorna var snyggt inbyggda i det modul-byggda köket och hans grova hand slet tag i kylskåpsdörren. Kylen ekade tom, ungefär som det brukade göra hemma hos honom själv. Ja, innan han träffade Lisa förstås.

Hans stirrade rakt in i den tomma kylen, tankarna gled tillbaka till Lisa och deras relation. Han hade verkligen sett fram emot barnet och att få börja om i livet. Det såg de jävlarna till att så inte blev fallet, uttalade han tyst för sig själv. Patrick önskade fortfarande livet ur varenda jävel i klubben och hatet matade honom till den grad att han inte längre var hungrig. Kylskåpsdörren slogs igen och Patrick begav sig tillbaka till den nedsuttna soffan i källaren, i väntan på sina beskyddare. Det starka ljuset i taket släcktes och han lät endast en liten bordslampa vara tänd. Den dunkla belysningen lugnade honom. Han lade sin mobiltelefon på soffbordet framför sig och lutade sig tillbaka i soffan, med blicken fortfarande fäst till telefonen på bordet. Han hoppades att samtalet från Martin skulle komma så fort som möjligt så att han kunde få sin revansch. För sveket... för Lisa... för hans ofödda barn...

Patrick hann inte fundera särskilt mycket innan det ringde

på dörren. Han misstänkte att det var poliserna som Martin pratade om men han kunde inte ta det för givet. Patrick gick till köket och därifrån kunde han få en glimt av vem som stod vid dörren. Han såg två relativt välvuxna män i 30-års åldern. Männen såg helt klart ut som civilpoliser, Patrick hade lärt sig känna igen dem på långt håll då klubben ofta hade stått under någon form av bevakning genom åren. Han gick bort till dörren och öppnade utan att släppa på säkerhetsspärren i form av en kedja.

- Ja, vilka är ni och vad vill ni?

Den ena mannen tog upp en polis-legitimation och höll den framför sitt bröst.

- Martin Lövgren ringde in oss, vi är poliser båda två. Jonas heter jag, min kollega heter Peter.

Patrick såg klart och tydligt polisernas legitimation och stängde dörren en kort stund för att få av kedjan. Han släppte in de båda polismännen som var märkbart tysta. Männen passerade Patrick utan att säga ett ljud och började genast att undersöka platsen genom att nästintill ljudlöst gå igenom rum för rum. Patrick stod kvar mitt i hallen med armarna i kors. Efter en stund kom den den ena polismannen tillbaka till hallen och ställde sig demonstrativt endast en halv meter från Patrick. Det var Jonas, vältränad men minst ett huvud kortare än Patrick.

- Vi har fått besked om att hålla dig säker i några timmar. Finns det något käk i huset?

Patrick stod kvar med armarna i kors. Han gillade inte poliser, detta oavsett om de var uniformerade eller inte.

- Vad fan vet jag, ni grisar är väl bra på att snoka fram saker?

Polismannen spände ögonen i Patrick men märkte att det inte var vilken buse som helst som stod framför honom. Med tanke på Patricks storlek insåg han att han förmodligen skulle förlora ett handgemäng och hans försök till att sätta lite respekt i Patrick hade misslyckats å det grövsta. Han vände på klacken i riktning mot köket. Den andra polismannen var redan där med huvudet en bra bit in i kylskåpet. Vad är det med poliser och mat tänkte Patrick medan han återigen gick ner i källaren mot soffan. Det skulle ta en bra stund till innan Martin skulle höra av sig och Patrick var inte heller så särskilt intresserad av att småprata med de civilklädda poliserna.

Kapitel 13

President Jörgen Gustavsson kramade ölflaskan och såg märkbart bekymrad ut, med all rätt. Han insåg att det var minst sagt problematiskt just nu. Klubbens vice-president och tillika hans vän hade lämnat klubben, dessutom hade de haft ihjäl hans gravida flickvän. Lade man till de 24 kilona kokain som var inlåsta i kassaskåpet så var det inte så konstigt att han inte hade så lätt att finna sinnesro. Han var även tvungen att kränga 4 kilo på några få dagar för att kunna betala tillbaka skulden till Turkarna. De var inga leverantörer man kunde blåsa hur som helst. Bara tanken på hur de skulle behandla honom och resten av medlemmarna i klubben om betalningen uteblev fick hans blod att isa i ådrorna.

Rakt över bordet i köket satt Mikael Öhman, den man som hade fått uppdraget att skada Lisa. Som den senaste invalda medlemmen fick han göra denna typ av uppdrag för att fortsätta visa sig värdig västen. Dessutom höll ledningen sina händer rena om något skulle gå snett. Jörgen kunde dock tänka sig klart fler adverb än "snett" just nu och spände ögonen i mannen på andra sidan bordet.

- Fan Micke, hur i helvete kunde det gå så jävla snett?

Mikael satt rakt upp och ner i sin stol med ett skyldigt ansiktsuttryck, precis som om han var 10 år igen på plats hos rektorn efter att ha skolkat från skolan. Han tittade ner i bordet, mumlade ett knappt hörbart svar.

- Förlåt... planen var att skada henne, trodde... trodde inte att krocken skulle döda henne.. Fan...

De hade bara någon timme efter olyckan kunnat läsa på GöteborgPostens hemsida om att en ung kvinna avlidit i en trafikolycka. Jörgen hade blivit fly förbannad och dragit till Mikael med en höger rakt över hakan när han kom tillbaka till klubbhuset. Han insåg dock att det var inte mycket de kunde göra åt just den saken i efterhand. Förhoppningen sattes till att polisen inte skulle kunna koppla bilen till dem. Mikael hade stulit bilen i Frölunda och eldat upp den en bit från stan, precis enligt planerna. Han hade sett till att det inte skulle finnas några spår för polisen att följa.

- Jag eldade upp bilen, precis som du sa. De dumma snutjävlarna kommer aldrig att lista ut att det var vi.

Chosen Ones president var inte lika säker på detta, det var ju trots allt en medlems flickvän och Jörgen insåg att det inte skulle ta lång tid innan de fattade och började leta i klubbhuset efter kopplingar. De var tvungna att komma upp med en plan, en plan för att förhindra att Patrick läckte till polisen. Dessutom kände Jörgen sig tvungen att flytta drogerna och det mesta av de vapen som fanns i lokalen. Normalt sett fanns det alltid något vapen i klubblokalen, mest för skydd mot rivaliserade gäng men just nu när kassaskåpet var fullt med kokain för miljontals kronor hade de ökat säkerheten. En överraskande razzia från polisen just nu skulle med all säkerhet låsa in samtliga medlemmar för gott. Det visste Jörgen och tiden var knapp.

- Vi måste göra något, Patrick går lös där ute och har säkert listat ut att vi är inblandade i olyckan. Han kommer bli rasande, vi måste se till att han inte får för sig att hämnas. Kan inte riskera att han kommer in hit och börjar skjuta vilt omkring sig.

Mikael hade lyft upp huvudet och var nu med på noterna. Han nickade instämmande.

- Vad tycker du vi skall göra?

Jörgen ställde sig upp, började sakteliga vandra runt köksbordet med händerna bakom ryggen. Han funderade, kanske fanns det ett sätt för hur han kunde lösa både polisens fokus och problemet med en förbannad och hämndlysten före detta medlem. Han stannade upp, vände sig mot Mikael och höjde en knuten högernäve i en triumferande gest.

- Vi kan slå två flugor i en smäll här Micke. Man brukar ju säga att anfall är bästa försvar så mitt förslag är att vi anlitar någon som tar ner Patrick. Då flyttar vi även polisens fokus för en stund och under den tiden hinner vi hitta ett nytt gömställe för laddet och våra vapen.

Jörgen hade alltid varit den mest analytiska av ledargestalterna i klubben. Det var allt som oftast han som kom på de mest briljanta planerna, Patrick var musklerna som behövdes för själva genomföringen. Nu var inte Patrick längre med dem så det fick bli en annan lösning. Han satte sig vid bordet igen och tog kommandot över situationen, pekade med hela handen mot Mikael.

- Jag skall ringa lite samtal. Du ser till att vi har bevakning på området så att ingen smyger på oss. Vi måste handla snabbt nu Micke.

Mikael reste sig utan att säga ett ord, som nybliven medlem var han van vid att ta order. Ingen i klubben vågade ifrågasätta presidentens ord utan att få sig en omgång eller bli ansvarig för skitgörat ett bra tag framåt. Mikael lämnade Jörgen ensam med sina planer. Han förstod att Jörgen skulle se till att Patrick försvann, mer än så behövde han inte veta. Det var snarare en fördel om han inte visste, fall i fall något gick snett. Medhjälp till mord är en tung anklagelse som Mikael definitivt inte behövde just nu. Han hade funderat väldigt mycket på hur en eventuell brottsrubricering för Lisas död skulle kunna se ut och vad det skulle kunna ge för straff. Utan kraftiga bevis på att han avsåg att döda henne skulle han kunna klara sig undan med "vållande till annans död". Det inbillade han sig åtminstone.

Jörgen såg till att han var helt ensam innan han tog upp mobilen och bläddrade bland sina kontakter. Under bokstaven K stod kontakten "Knut" följt av ett nummer som gick till en oregistrerad mobiltelefon. Inget som skulle väcka någon uppmärksamhet om polisen skulle få tag på Jörgens telefon då mottagaren ändå aldrig svarade på ett direkt samtal. Jörgen valde att skicka ett sms till kontakten med texten; "Behöver din hjälp med en bike som krånglar, om du kan mötas om en timme vore det bra". Det var ett överenskommet meddelande om att klubben behövde torpedens hjälp med att ha ihjäl en person. Det hade bara hänt vid ett annat tillfälle de senaste åren. Dels på grund av den höga kostnaden och dels på grund av att klubben oftast tog hand om sådant själva. Nu var situationen mycket annorlunda och Jörgen insåg att klubben själva inte kunde lösa problemet med Patrick.

Scenariot som följde var att "Knut" svarade huruvida det gick att träffas, oftast med ett kort "OK" eller "Går inte". Sedan möttes de på tidigare överensstämd plats, en plats som varierade beroende på vilken dag i veckan de skulle mötas. Detta för att få rotation på platserna fall i fall det fanns bevakning. "Knut" hade aldrig samma platser med andra klienter och var väldigt noga med sin egen säkerhet. Han hade varit i branschen länge och hade ett mycket gott rykte om sig att slutföra uppdragen med bravur.

Jörgen stirrade på mobiltelefonen i några minuter, kände stressen kom smygande. Han var på väg att lägga 150.000 kr på att döda sin bäste vän. Samtidigt som han visste att det var nödvändigt kände han ett stort vemod. Att ha ihjäl en konkurrent, en politiker eller polis är en sak men en barndomskompis? Jörgen svettades bara på tanken även om det i just detta fallet inte var han själv som klämde avtryckaren. Han började tänka tillbaka på alla de minnen de hade tillsammans, när de startade klubben och hur många gånger som Patricks muskler hade räddat honom ur prekära situationer. Jörgen var normalt sett ingen blödig person men ju mer han tänkte på Patrick desto närmare var han att ta till tårar.

Telefonen pep till och visade tydligt att det hade kommit ett sms. Han kastade sig över telefonen och klickade på notisen, meddelandet öppnades. Det är kort, från Knut och innehåller bara två bokstäver i versaler; "OK"

Det var alltså bestämt, Patrick skulle dö. Nu fanns det ingen återvändo, Jörgen var tvungen att möta upp "Knut" på avsedd mötesplats om en timme, konsekvenserna av att inte dyka upp ville han inte tänka på. Han hade hört historier, om hur vedergällning från torpeden har spridit skräck i den undre världen och Jörgen var inte alls sugen på att testa om det fortfarande fungerade på samma sätt.

Han reste sig från köksbordet och vandrade in till arbetsrummet. Utöver en ofantlig mängd kokain innehöll kassaskåpet även information om vilka mötesplatser som gällde. Jörgen knappade in kombinationen och öppnade den tunga dörren till skåpet. På den översta hyllan låg det en hög med papper. Det var allt från ägarbevis på motorcyklar till en enklare form av bokföring för klubbens illegala intäkter. Han bläddrade lite snabbt bland papperna innan han hittade vad han letade efter, en lapp med endast siffror. Jörgen läste uppifrån och ned; 1. 57.68230264617832, 11.989230709525486, 2. 57.64790176594782 12.000710197909939 o.s.v. För en oinvigd var lappen i princip oläslig men Jörgen var helt på det klara med vad det betydde. Siffran stod för den aktuella veckodagen och efterföljande siffror för latitud samt longitud som angav mötesplatsen för den aktuella veckodagen. Det var nu tisdag och han knappade in platsen som stod efter siffran 2 i en app på sin telefon. Navigationsappen slog upp platsen med extrem noggrannhet. Jörgen behövde inte många sekunder efter att han hade lokaliserat nålen på kartan. Han var klart bekant med vart han skulle och lade tillbaka lappen i kassaskåpet igen. Rutinmässigt stängde han ner appen och rensade dess cachedata, inga spår skulle lämnas.

Jörgen slängde en blick på sin klocka. Det var 45 minuter kvar till mötet och enligt appen skulle det ta 16 minuter att köra dit från klubblokalen. Han ville inte vara tidig, inte heller sen. Några svettpärlor hade samlats i pannan. Det var inte varje dag som han signerade någons dödsdom, speciellt inte när det gällde en barndomsvän som Patrick. Han torkade av pannan med sin långärmade svarta hood-tröja som han bar under västen. Efter några djupa andetag samlade han sig och började plocka ihop 150.000 kr som han placerade i ett kuvert. Han stängde igen kassaskåpet och gick återigen ut i köket. Då det var tomt på folk i köket gick han vidare in i klubblokalen, Jörgen ville absolut inte sitta ensam, behöva begrunda sitt val och kanske rent av börja ifrågasätta det. Patrick var tvungen att dö, klubben kunde inte riskera att han sprang lös och hade eventuella hämndplaner. Det var fortfarande ett par dagar kvar innan de kunde bli av med kokainet som fanns i lokalerna, en razzia av polisen i detta skedet vore förödande. Han kände att svetten i pannan återkom bara av tanken på detta.

Jörgen var normalt sett den sansade av de båda vännerna. Det var alltid Patrick som överreagerade, tog till våld eller på andra sätt visade att han inte kunde behålla lugnet men nu var det ingen vanlig situation. Han drog den numera lite fuktiga underarmen över pannan igen och slog sig ner i soffan hos Micke. Den stora TV'n på väggen var på och ett program om husrenoveringar visades, Micke visade osedvanligt stort intresse för just detta och märkte inte ens att Jörgen slog sig ner bredvid.

- Fan Micke, skall du köpa hus?

Vid detta laget märkte Micke att han inte var ensam och vände sig förvånad mot sin klubbpresident.

- Shit, jag märkte inte att du satt här. Haha, jag var helt

inne i programmet. Jävla intressant, inte helt olikt det vi gör med bågarna.

Jörgen log, han visste att Micke alltid hade visat ett stort intresse för att använda kroppen och bygga saker. Han var i stort sett ensam ansvarig om utbyggnaden av klubbhuset på baksidan där ett fint trädäck byggdes förra sommaren. Micke hade varit provmedlem i ett år och fått göra mycket av skitjobbet men just det här med snickerijobb hade han tydligen gillat. Det syntes både i hans engagemang och resultat tänkte Jörgen. Han dunkade till Micke i ryggen.

- Det är lugnt Timell, jag vet att du gillar att bygga och snickra.

De båda skrattade högt, ett förlösande skratt för dem båda. Micke var den enda i klubben som visste vad som var på gång med torpeden och som nyast medlem kände han sig både privilegierad och samtidigt rädd över att veta vad som skulle hända. Åkte de dit så skulle Micke åka in för medhjälp, så mycket hade han räknat ut men å andra sidan hade han även själv ett potentiellt mord på sitt samvete. Han hade dödat Lisa, förvisso en olycka då tanken var att skada men ändå. Det gjorde inte honom lugnare. Han kikade runt i lokalen och viskade till Jörgen.

- Helvete, är det här rätt? Vad håller vi på med?

- Ja, det här måste ske. Nu behöver vi fan löpa linan ut Micke. Inget jävla halvmesyr, då åker vi dit ordentligt.

Jörgen visste att torpeden Knut alltid levererade, han var dessutom snabb trots att han var extremt noggrann. De kunde säkerligen räkna med att Patrick var död innan natten, som allra senast dagen efter. Det innebar att de var tvungna att flytta knarket innan dess. Om inte Polisen redan hade gjort kopplingen att Chosen Ones var ansvariga för Lisas död vid detta laget så lär de definitivt göra kopplingen när Patrick hittas död. Om han nu hittas vill säga, så långt hade inte Jörgen tänkt. Han kände inte att klubben kunde ta den risken med både vapen och knark i klubblokalen, innehav som skulle kunna få alla inlåsta på en väldigt lång tid framöver.

- Jag måste dra nu, se för fan till att håll utkik efter allt som verkar misstänksamt. Är Patrick på väg hit så se till att ha närhet till vapen så att ni kan försvara er. Ta så mycket hjälp du behöver men berätta för fan inget om det vi pratade om i köket. Ingen annan får veta, okej?

- Nejdå, jag håller käft. Det vet du...

Jörgen hade vid detta laget lagt på sig en allvarligare min. Nu var det allvar. Han gick med bestämda steg ut genom ytterdörren och mot sin motorcykel. Micke följde efter och låste dörren med kraftiga lås. Hans uppgift var nu att försvara borgen, mot alla eventuella fiender. Det fanns ytterligare 4 medlemmar i lokalen. Han behövde på något sätt få de andra medlemmarna på tårna, utan att kunna avslöja exakt vad som var på gång. Jörgen hade inte berättat hela sanningen med knarket för Micke. Han visste inte mer än vad Jörgen tyckte var lämpligt helt enkelt. Att det fanns knark i kassaskåpet visste Micke men inte mängden. Han var en fotsoldat och skulle bara följa order, det var Jörgens ord som ekade i hans skalle men han kände samtidigt ett stort ansvar för den informationen och uppdrag som klubb-presidenten faktiskt hade anförtrott honom med.

Medan Micke samlade de övriga medlemmarna som fanns i lokalen för att briefa dem om vikten att försvara lokalen så åkte Jörgen mot sitt planerade möte med Knut. Vädret var helt okej för att vara april månad i Göteborg och motorcykeln gled fram i laglig hastighet i riktning mot Mölndal. Mötet var planerat att hållas på parkeringen för Åbytravet. Det var en bra mötesplats nu mitt på dagen, en del folk rörde sig säkert i området men inte så många att de inte ostört kunde planera. Samtidigt var det normalt att folk befann sig på parkeringen även under dagarna så de skulle inte sticka ut om någon råkade köra förbi.

Efter en kvart svängde han höger in mot parkeringsplatsen och körde sakta längs kanten, spanade efter någon som kunde vara Knut. Han insåg samtidigt att Knut förmodligen var den extremt försiktiga typen som inte gärna bara stod och väntade. Han befann sig säkert på säkert avstånd och inväntade Jörgens ankomst, för att säkerställa att de var ensamma. Man blir nog inte en framgångsrik torped i den undre världen genom att vara slarvig tänkte Jörgen medan han parkerade bågen på den anvisade platsen enligt navigationsappen. Han stod nu bredvid motorcykeln, ca 100 meter från själv entrén. Blicken flackade runt och även om han såg en del folk på avstånd såg ingen av dem ut som någon kallblodig mördare. Han slängde ett öga på klockan, han var endast några få minuter för tidig. Klockan var nästan 13 och han funderade på om han skulle känna igen Knut från deras tidigare möte för drygt 5 år sedan. Kanske hade han ändrat utseende, fortsatte Jörgen funderande.

Medan han stod där i sina djupa tankar om hur en mördare säkerställer att han inte blir igenkänd överallt så hörde han en mörk röst bakom sig.

- Är du ensam?

Jörgen vände sig instinktivt om och såg en man med rock och hatt, en hatt som delvis dolde hans ansikte.

- Mm ja, det är bara jag.

Mannen i hatten gjorde en rörelse med handen, en gest som visade Jörgen att han skulle följa med. Exakt vart och vad som skulle hända förstod inte Jörgen men hade han kommit så här långt så var det bara att löpa linan ut. Han gick några få meter bakom mannen i hatt och de gick bakom ett större buskage. Det var tidigt på året så det stora buskaget hade inte utvecklat fullt lövverk men dolde ändå dem tillräckligt för att man på avstånd inte skulle kunna lista ut vad som var på gång. Mannen stannade och vände sig mot Jörgen.

- Vi har inte lång tid på oss, ge mig grejorna.

Jörgen sträckte sig ivrigt efter något i sin innerficka och genast tog mannen i hatten ett steg bakåt och körde ner handen i rocken. Jörgen insåg sitt misstag med sin plötsliga rörelse.

- Förlåt, jag skall bara ta fram ett fotografi...

Mannen nickade och Jörgen fortsatte sin påbörjade uppgift med att plocka fram vad som dolde sig i hans innerficka. Han hade tagit med ett fotografi från när han och Patrick hade varit på Liseberg. Jörgen fastnade i tankarna medan han stirrade på fotografiet. Han mindes plötsligt allt det roliga de hade varit med om. Bilden hade tagits i Flumride, en attraktion på nöjesfältet som oftast innebar att man slutade färden helt genomsur av vatten. Fotografiet hade tagits i slutet på attraktionen och han såg klart och tydligt dem båda med händerna i luften, förväntansfulla inför det blöta slutet på färden. Jörgen log, de hade varit stupfulla och fått tjata till sig att få åka attraktionen då vakten först inte ville släppa fram dem. Mannen i hatten harklade till och Jörgens tankar avbröts abrupt.

- Skall vi göra detta eller?

Jörgen tog sig samman och insåg allvarligt i situationen, både det faktum att Patrick kunde sätta dit hela klubben på livstid och det faktum att han hade anlitat Göteborgs farligaste mördare. En mördare som nu stod klart irriterad framför honom med utsträckt hand. Jörgen räckte fram bilden och ett kuvert med pengarna, han hade skrivit Patricks namn och adress på baksidan av bilden. Inte för att han egentligen trodde att han fanns där utan snarare som någon form av utgångspunkt för torpeden.

- Det är en högt uppsatt medlem i klubben som hoppat av, vi kan inte riskera att han blir en råtta och vi får snuten på oss.

Mannen i hatten begrundade fotografiet, han vände på det och läste. Det var all information han behövde. Jörgen hade en hel del tips om var Patrick kunde befinna sig men mannen i hatten var inte intresserad av att veta. Han hade tydligen egna metoder för att kunna göra sitt jobb. Jörgen insåg att det inte var läge att läxa upp en person som livnärt sig på att mörda folk de senaste 20 åren. Torpeden räknade inte heller pengarna utan stoppade snabbt ner kuvertet i en av de djupa rockfickorna. Jörgen förstod att det säkert fanns anledningar, dels till den fasta summan och dels till varför de inte kontrollräknades. Knut var ingen person man lurade, det visste alla i den undre världen.

- Vi hörs inte av mer i detta ärende, du kan räkna med att det är avklarat inom 48h.

Lika tyst och obemärkt som mannen i hatten hade kommit försvann han mellan buskarna. Jörgen stod kvar en stund, chockad över vad han faktiskt hade gjort. Han strök händerna genom håret och gav ifrån sig en tydlig och hörbar suck. Det var alltså klart, hans bäste vän skulle dö.

Kapitel 14

Bengtsson hade irrat runt i sin lägenhet ett bra tag, likt en hormonstinn tonåring inför en viktig uppgift. Han försökte packa en mindre resväska med förnödenheter och kläder. En väska som skulle innehålla det han behövde för några dagars vistelse i Göteborg. Våren hade med all säkerhet kommit längre i mellan-Sverige jämfört med Bergen och han hade letat febrilt efter passande kläder. Fallet med Konrad låg på is och polisen kom inte längre framåt med att hitta en eventuell gärningsman. Bevakningen av Turkarna hade överlämnats till narkotikaavdelningen och Bengtssons samvete var rent inför sin kort-semester. *De klarar sig fint utan mig*, tänkte han medan han försökte vika en lite tunnare kavaj ner i den lilla resväskan.

Klockan hade hunnit bli halv två på eftermiddagen och restiden beräknade han till ca 5h inklusive en mellanlandning i Oslo samt taxi från Landvetter till Fiskebäck där hans goda vän Martin Lövgren bodde. Precis i tid till en kvällsmiddag och en fin whisky tänkte han och kom på sig själv med att han log med hela ansiktet. Det hade varit tuffa veckor och han kände fortfarande av skadan från krocken. Att bara få sitta ner, prata med sin vän och slappna av skulle göra underverk för hans kropp och sinne, det var han övertygad om.

Den lilla, röda resväskan stängdes med lätthet och Bengtsson tog på sig sin rock. Planen var att ta bilen till flygplatsen och parkera den där för några dagar framåt. Likt många andra flygplatser var det heller ingen billig historia att parkera på Bergens flygplats men samtidigt tyckte han att det var väldigt praktiskt. Som polis var hans vardag väldigt varierad och det kunde lika gärna vara fullt pådrag när han klev av planet. Han hade vid några tillfällen dykt upp på en brottplats i taxi och tax-free-påsar i händerna. Bengtsson ville inte ge kollegorna den möjlighet till förnedring igen.

Toyotan rullade i makligt takt mot flygplatsen och Bengtsson fick återigen en möjlighet att rensa tankarna. Han var ute i god tid och hade även planerna på att unna sig en eftermiddagsfika på flygplatsen. Det var nu ett bra tag sedan han hade träffat sin gode vän, jobbet hade tagit för mycket av Bengtssons tid sedan han blev befordrad till poliskommisarie. Normalt sett var han ingen man som strävade efter en karriär men han kände en viss skyldighet då han själv ansåg sig som det bästa valet av de kandidater som hade presenterats i ett tidigt skede av rekryteringsprocessen. Hans långa erfarenhet talade sitt eget språk även om det helt klart fanns luckor i hans meritlista när han tänkte efter.

Hans goda vän Martin Lövgren hade gjort allt för att skydda honom från tiden då han var nere på botten i livet. Skydda honom så att det inte skulle få en negativ inverkan på Bengtssons möjligheter att få komma tillbaka till arbetet i framtiden. Han ville egentligen inte veta hur långt hans vän hade gått och exakt vad som hade sopats under mattan, Bengtsson skämdes för denna period i livet. Skämdes för att han inte kunde få ett avslut och sätta gärningsmannen som var ansvarig för Anitas död i fängelse. När han var som längst ner på botten, under en ofrivillig ledighet från sin tjänst, önskade han verkligen livet ur gärningsmannen. Han hade ofta tänkt på vad som hade hänt om han hade fått reda på och även fått tag på denna vedervärdiga människa. Tankarna blev mörka och han kände hur hatet förvandlade honom till en person han inte gillade. Det var dessa tankar som nästan tog livet av honom. Han slog bort dem i tanken, nu var det framtiden som gällde sa han högt för sig själv och lotsade Corollan genom eftermiddagstrafiken i riktning söderöver.

Flygplatsen låg endast en 20 minuters bilresa söder om Bergen och han kunde vägen utan och innantill efter alla de resor han gjorde i början när han hade flyttat upp. Bengtsson hade känt ett stort behov av att prata med någon om allt som hade hänt och då han inte riktigt litade på terapeuter och liknande så fick hans gamla vän och kollega Martin Lövgren agera bollplank. Han hade rest ner till Sverige vid åtminstone 3-4 tillfällen varje år i början och var helt övertygad om att han inte hade varit där han var idag utan de resorna. Han fick återigen en varm känsla i kroppen, längtade tillbaka till sin vän och Göteborg.

Bengtsson satte på radion och höjde volymen. Glada toner spelades och han rycktes med, det var för ovanlighetens skull en låt han kände igen. En äldre låt med en svensk och en norsk kvinna som hade deltagit i den norska melodifestivalen. Förvisso hade låten framförts långt innan han själv flyttade till Bergen men då låten hade spelats lite då och då på radion under åren hade den fastnat i hans medvetande.

Bengtsson förlorade sig helt i musiken. Han svingade nu överkroppen i sidled samtidigt som hans stämma försökte hänga med i refrängen så gott det gick. *La det svinge la det rock'n'roll...* Det var tur han var ensam i bilen, tänkte han, medan han försökte ta de höga tonerna. Han skrattade högt för sig själv åt sitt smått pinsamma sångförsök och svängde av vid skylten med texten; "Bergen Lufthavn".

Precis som på alla andra flygplatser var det mycket folk och att hitta en parkering var inte alltid så enkelt men idag hade Bengtsson tur. Han hittade en parkering vid första försöket och inte nog med att den var nära avgångsterminalen, det var även en ytterplats. På så sätt slapp han någon bil på ena sidan och därmed riskera att få märken i sin bil. Även om han hade tjänstebil så var han rädd om bilen, det var liksom hans inbyggda egenskap som lyste igenom. Han värnade om sina saker, hatade att köpa nytt.

Elisabeth Andreasson och Hanne Krogh hade för länge sedan sjungit klart sin klämkäcka låt när Bengtsson parkerade bilen med perfekt precision och stängde av motorn. Han hade medvetet ställt sig lite närmare väggen på ena sidan för att på så sätt få bättre marginal mot bilen som stod vänster om honom. Man visste aldrig vad det var för dårar som parkerade bredvid brukade han säga för att rättfärdiga sin extrema försiktighet när han fick frågan från nyfikna.

Det blev endast en kort promenad till den stora hallen och då han redan visste vart han skulle så traskade han vant bort till incheckningsdisken för inrikesflyget mot Oslo. Det hade blivit en sista-minuten-biljett och den kostade helt klart mer än vad han brukade betala för att ta sig till Sverige. Han ägnade inte priset någon speciell tanke denna gången, är man sent ute så kostar det tänkte han medan han ställde sig i kön. Sin vana trogen spanade han runt i hallen för att ha kontroll över sin situation, för att om möjligt kunna upptäcka något som inte stod rätt till. Det var hans polisinstinkter som tog över men när han kom på att han faktiskt var ledig så skrattade han för sig själv. Det var verkligen svårt att lära gamla hundar att sitta tänkte han. Personen framför honom i kön vände sig om och såg förundrad ut, undrade säkerligen varför man står i en kö på flygplatsen och skrattar. Bengtsson log mot kvinnan, hon fnyste till och vände sig om igen, fortfarande ovetande om vad som var så jäkla roligt.

Incheckningen gick lika smidigt som det brukade göra och han tog den knappt 100 meter långa promenaden mot säkerhetskontrollen med väskan rullandes bakom sig. Bergens flygplats var inte speciellt stor, speciellt inte i jämförelse med Oslo och det gällde allt från säkerhetskontrollen till antal butiker och priserna på ölen i restaurangen. Bengtsson hade alltid gillat Bergens flygplats, den kändes gemytlig och inte så full av stress som många av de stora flygplatserna kunde vara.

Han tog rulltrappan upp den sista biten mot kontrollen när mannen framför honom vände sig om och nickade mot honom. Det var en äldre herre som verkade känna igen Bengtsson, han nickade tillbaka. Trots att Bergen hade över 250.000 invånare så var det inte ovanligt att folk, framförallt den äldre generationen, kände igen honom och hälsade. Han antog att det berodde på de presskonferenser och andra TV-framträdanden som han hade fått göra som poliskommisarie de senaste åren.

Väl framme i kön för säkerhetskontrollen gjorde han som alla andra, tog av sig allt som kunde ge ett utslag i kontrollerna. För Bengtsson handlade det i stort sett bara om några nycklar och bältet, han var ju på väg mot en ledighet och reste lätt. Den lilla röda resväskan var tänkt att gå som handbagage och rullade enkelt och smidigt genom kontrollen.

Det var nu 45 minuter kvar till planet gick och han kunde behöva en eftermiddagslur. Inte för att det var en speciellt vanlig procedur för Bengtsson men lite då och då kunde han koppla bort allt genom att bara blunda i 10-15 minuter. De andra på kontoret brukade reta Bengtsson när de upptäckte honom sitta och luta sig i sin fåtölj med stängda ögon. Han tillhörde trots allt den äldre skaran på kontoret och med den lite grabbiga jargongen som rådde i polishuset kunde ha ta lite gliringar. Han hittade en plats i skymundan, lade ifrån sig rocken på sittplatsen bredvid. Ögonen slöts i samma sekund som han kände ryggen mot ryggstödet.

Något som var ofrånkomligt var att varje gång Bengtsson skulle tillbaka till Göteborg i något ärende så revs gamla sår upp. Så även denna gång. Hans tankar gled först tillbaka till de fina stunder han hade haft med Anita för att sedan anta en klart mörkare nyans. Mordet på henne spelades upp i hans sinne upprepande gånger, han såg henne ligga där på sängen med blodig pyjamas... orörlig... borta... Månaderna som följde mordet och jakten på en gärningsman. Hur han nästan förlorade sig själv i den undre världen, till spriten och drogerna. Han tvingade sig själv att försöka tänka positiva tankar men det gick inte. Hans undermedvetna hade för starka kopplingar till vad som hände de sista månaderna i Göteborg.

Bengtsson hade intalat sig att aldrig mer sätta sig i en sådan situation igen och det var därför som han hade haft svårt att skapa en relation med kvinnor sedan dess. Han hade ett ungdomligt utseende och egentligen inte speciellt svårt att träffa kvinnor. Det var dock inte så ofta han gick ut för att festa längre, hans relation till spriten var ansträngd och svår. Första åren i Bergen hade han inte rört en droppe, snarare levt ett liv som f.d. alkoholist med totalt förbud, för att komma på fötter igen. Han var fast besluten att klara det själv, utan hjälp från Anonyma Alkoholister eller liknande instanser. Det hade gått bra, mycket tack vare att han begravde sig i jobb. Bengtsson var den polis som arbetade mest av alla under de första åren och han fick även tillsägelser att ta ut semester och dra ner på övertidstimmarna. Till slut fick hans chefer beordra honom att ta ledigt.

Det tog honom nästan 2 år att bli av med suget efter sprit och uppåttjack men han var mäkta stolt över att ha klarat det helt själv. Av en anledning som nog bara han själv förstod hade han anklagat sig själv för mordet på Anita och han tyckte att han förtjänade allt dåligt som hände. Det blev en mycket mörk period i hans liv och han mindes tillbaka till de stunder då han var ytterst nära att trilla dit igen.

Han hade varit ute och promenerat i hamnen när en yngre person hade kommit fram och ställt frågan om Bengtsson ville köpa knark. Som polis skulle det enda rätta vara att plocka in ynglingen rakt upp och ner men detta var ingen av hans bättre kvällar. Han såg sig omkring, stirrade länge på den unga mannen som började bli nervös. Sedan tog Bengtsson upp en tusenlapp och köpte 1 gram kokain. En "gubbe" som det hette på gatans språk. Inte nog med att det var olagligt, det var även starkt moraliskt fel. Han var ju trots allt polis.

Han hade stoppat den lilla påsen med det vita pulvret i fickan och gått vidare. Bengtsson hade inte tänkt klart på hur han skulle förklara bort att han bar runt på olagliga substanser om någon kom på honom men samtidigt var han ju polis. Det skulle säkert lösa sig hade han tänkt. Han kanske kunde skylla på ett beslag han själv gjort tidigare på kvällen eller liknande. Under resten av kvällspromenaden kämpade den onda och goda fen på hans axlar om vad som skulle hända. Det var en episk duell, något som kunde format Bengtsson för all framtid. Det hade tagit ytterligare 20 minuter innan Bengtsson satte nycklarna i sin lägenhet, detta utan att ta något form av beslut vad han skulle göra med tusen kronor knark. Utan att ta av sig ytterkläderna hade han satt sig ner i soffan och sträckt handen ner i fickan, han hade känt den lilla påsen mellan fingrarna. Han tog upp påsen och lade den på bordet framför sig samtidigt som han sjönk långt ner i soffan med ryggen och suckade högt. *Vad fan håller jag på med?* Under några minuter var hans hjärna helt tom, han stirrade på påsen som ett litet barn stirrade på julklapparna under granen.

Den goda fen vann denna duell och han reste sig, slet med sig påsen och gick in på toaletten. Det var inte första gången som han spolade ner knark men att det var hans eget tillhörde definitivt undantagen.

Bengtssons djupa tankar i det förslutna avbröts av högtalarljudet; *"flyg till Oslo 15:10 från gate 13 öppnas för påstigning"*. Han slog upp ögonen och satte sig rakt upp i stolen, precis som om han hade vaknat ur en mardröm vilket i sig faktiskt var ganska nära sanningen.

Han letade fram sitt boardingpass, tog rocken under armen och ställde sig i kön till ombordstigningen. Flygresan till Oslo skulle ta en knapp timme och det såg ut att vara fullt på planet baserat på längden på kön. Det brukade vara en hel del människor som pendlade mellan Bergen och Oslo så han var inte så förvånad över detta även det just nu råkade vara en eftermiddag mitt i veckan. Kön avslöjade att det inte bara var affärsresenärer utan Bengtsson kunde se allt mellan barnfamiljer, studenter och pensionärer som ville spendera lite tid i Norges huvudstad.

Efter det sedvanliga böket med att få upp handbagaget kunde han slutligen slå sig ner på plats 28A, precis vid fönstret. Bengtsson hade en släng av höjdskräck men på något sätt kunde han ändå uppskatta att få överblicka utsikten från ett flygplan. Det var en speciellt känsla, en känsla av att sväva fritt. Han lutade huvudet mot kabinväggen i hopp om att få kunna blunda en stund innan starten. Det brukade hjälpa honom mot den nervositet som uppstod när han kände sig inträngd i ett plåtlåda han inte själv hade kontroll över. Det var egentligen precis i starten och de första hundra metrarna som problemet var som värst för honom, uppe på flera tusen meters höjd kunde han slappna av och till och med titta ut genom fönstret i en form av skräckblandad förtjusning över konststycket att kunna flyga.

Resan till Oslo gick väldigt snabbt, klart snabbare än vanligt, men det berodde mest på att Bengtsson lyckats somna. Han väcktes av att planet tog mark. Det studsade till och han slog pannan i kanten till det lilla fönstret han hade bredvid sig. Det var inte det skönaste sättet att vakna på tänkte han men samtidigt var han ordentligt utvilad så han hade överseende med det. Medan passagerarna rusade ut i gången för att plocka ner sitt handbagage satt Bengtsson lugnt kvar. Han hade aldrig riktigt förstått beteendet med att resa sig upp och stå med handbagaget vid fötterna i 10 minuter innan planet ens hade funnit sin slutdestination. Det var ju ändå så att ingen kom av innan dess tänkte han, varför inte passa på att sitta ner och vila sig en stund innan?

Bengtsson kom av planet samtidigt som alla andra och ställde in siktet på utrikesterminalen. Han hade en flygresa kvar och sedan skulle ha få se Sveriges framsida som han brukade kalla Göteborg. Efter en längre promenad hade både lokaliserat vilken gate han skulle flyga från samt gått på toaletten. Han hade några år tills dess att han fyllde 50 men hade redan börjat märka av några ålderstecken, bland annat att han behövde besöka toaletten lite oftare. Han var inte den känslosamma personen som pratade med andra om sina problem, han ägnade helt enkelt inte någon tid åt om något faktiskt var fel på honom. Det skulle väl visa sig när han blev gammal brukade han säga.

SAS-planet som skulle ta honom till Landvetter strax utanför Göteborg var planerat att lyfta 16:55 och han hade inte speciellt mycket tid att utforska Gardemoens flygplats. De 30 minuterna som nu var kvar var inte tillräckligt för att göra något annat än att vänta in själva ombordstigningen. Han satte sig ner på en stol utanför gaten, lät blicken vandra ut över de övriga människorna i sin närhet, människor som högst troligen också skulle ta samma plan. *Vad hade de för planer? Vilka var dem?*

Bengtsson hade alltid funnit stort nöje i att begrunda andra människor som resor och försöka lista ut vad de hade för planer. Det triggade hans fantasi och samtidigt fick hjärnan jobba lite. Han såg ett troligt par som såg lite omaka ut, de satt förvisso på stolarna bredvid varandra men utan kroppskontakt. Mannen satt med ansiktet mot marken och kvinnan pratade. Det såg inte ut som en trevligt samtal från Bengtssons synvinkel och han undrade vad som kunde ha hänt. Kvinnan såg ut att vara några år yngre än mannen men de såg inte ut som syskon tyckte han. Bengtsson hade genom sitt yrke blivit en bra människokännare och enligt hans tidiga analys så rörde det sig om ett par som helt enkelt inte var synkade med vad som var viktigt i livet. Kanske skulle de besöka kvinnans släkt i Göteborg och att mannen åkte med ofrivilligt.

Kvinnan la handen på mannens lår, strök honom på ryggen. Mannen tittade upp och log mot sin kvinnliga stolsgranne. De förenades i en kram och Bengtsson fick en varm känsla i kroppen. Han hade själv haft mycket svårt att knyta an till någon kvinna sedan Anita men önskade samtidigt alla andra att få känna det han själv hade fått uppleva under deras korta tid tillsammans. Känslan av att få vakna upp tillsammans, få genomgå livets alla utmaningar hand i hand. Känna saknaden och känslan av att vara saknad.

Högtalarsystemet avbröt parets kram och samtidigt även Bengtssons tankar. Det var dags att kliva på planet ner mot Göteborg och om allt gick som det skulle var han framme på Landvetter 18:00. Planen var att sedan ta taxi ner mot Fiskebäck och överaska sin gode vän Martin Lövgren. Bengtsson var precis på väg att sätta telefonen på flygplansläge när den ringde, det var Olav Hauge, chefen för avdelningen för drogrelaterade brott i Bergen.

- Ja, Bengtsson här.

- Hej, Olav här. Förlåt att jag ringer, hörde att du hade tagit några dagars ledighet men jag tror att du måste få den senaste informationen.

Bengtsson ansåg Olav som sin bäste vän på polishuset i Bergen, detta även om de inte arbetade på samma avdelning. De hade alltid haft ett gott öga till varandra och brukade dela information som kunde vara nyttig för den andra att känna till.

- Vi har fått information om att Basir och några andra höjdare lyckades lämna landet. Du hade rätt, det fanns en läcka i huset. Turkarna hade fått löpande information om Konrad, hans förflyttning och även blivit förvarnade inför vårt tillslag.

Bengtsson hatade att ha rätt i sådana här fall men förstod att det var tvunget att vara något sådant. Hur annars skulle de kunna känna till Konrads förflyttning och så effektivt kunna undslippa polisen.

- Vem var det?

- Det var en av mina... eller rättare sagt en kille från narkotika-avdelningen i Oslo. Torbjörn, en kortare snubbe med skägg. Fan alltså, alla jävla papper och referenser stämde. Inte heller första gången han har vart hos oss i Bergen. Vi har redan pressat honom stenhårt och fått värdefull information.

Bengtsson mindes helt plötsligt träffen i hissen ner till polishusets källare, mannen i skägg som agerat så egendomligt. Det var något med mannen, något Bengtsson inte kunde sätta fingret på men han hade en ond aning. En aning som nu visade sig vara rätt.

- Fy fan, jag mötte honom vid några tillfällen. Han var nere i källaren när jag också var där, vid avdelningen av beslagtagna saker. Fan vet vad han plockade ut därifrån. Pratade bara som hastigast med honom men fick redan då en olustig känsla. Sitter han hos er nu?

- Ja, vi har honom i förvar. Tydligen har han opererat som infiltratör för Turkarna så att de har kunnat köra sin business via Bergen ner till Oslo och vidare mot Sverige. Precis som vi har misstänkt men aldrig kunnat bevisa. Läckan har inte haft all information men högst troligen tog de in knarket via båtarna som levererade förnödenheter till oljeplattformarna här utanför. Turkarna har kontakter på plattformarna som packade ner knarket i båtarna som åkte tillbaka till Bergen. Sedan gick knarket med egna båtar längs kusten ner till Oslo och vidare söderöver. Ja, förutom det som var avsett för vår region här.

Bengtsson blev väldigt glad över genombrottet och att han fick sina svar på frågorna hur Turkarna ständigt kunde ligga ett eller fler steg framför dem.

- Vad händer nu?

- Vi kommer pumpa svinet på så mycket information vi kan för att bygga målet mot dem. Vi kommer först att slå till mot deras kontakter på plattformarna och strypa tillförseln, sedan jagar vi efter de som är på flykt. Enligt Torbjörn har Basir och större delen av ledningen flytt till Sverige, Göteborg för att vara specifik. Du är väl på väg dit nu?

Bengtsson blev initialt upphetsad över att de nu visste var Turkarna tog vägen men insåg samtidigt att det skulle bli svårt att knyta dem till mordet på Konrad så hans upphetsning la sig efter några sekunder. Så långt sträckte sig hans intresse i denna affären så det bästa vore om narkotikaavdelningen fortsatte att bygga sitt case mot Turkarna tänkte han.

- Okej, man kunde ju misstänkta något sådant och det är ju ett lustigt sammanträffande att jag också är på väg dit men jag reser inte i tjänsten. Blir även svårt att försöka knyta dem till min utredning så jag litar på att ni på avdelning 4 gör ert jobb och syr in fanskapen.

- Ja, Basir och några till är fortfarande lysta och vi har för avsikt att plocka in dem. Det har gått ut en internationell lysning på dem så hittar ni dem i Sverige får ni gärna skicka hit dem. Ju mer vi får ut ur Torbjörn desto mer har vi dessutom på fötterna för att spräcka ligan. Tänkte bara att du skulle veta, du kanske kan varna dina vänner på polisen i Göteborg om att de har fått in råttor från utlandet.

Bengtsson kunde inte hålla sig, han skrattade högt åt beskrivningen.

- Haha, ja... jag ger dem tipset, har vi tur så ställer de till med djävulstyg här nere också och då syr vi in dem. Du, jag behöver gå på planet mot Göteborg nu. Tack för tipset och ha en fin helg, det skall jag försöka ha.

- Det vet du, va rädd om dig så syns vi nästa vecka.

Högtalarna påminde ännu en gång om att planet mot

Göteborg hade öppnat för ombordstigning och han avslutade samtalet med Olav. Med telefonen på flygplansläge i fickan och rocken över armen ställde han sig i den numera korta kön till en sista kontroll av boardingpasset. Han var en av de sista som steg på och om en timme skulle planet ta mark på Landvetter. Han log mot den snygga men säkert 20 år yngre kvinnliga kontrollanten, hon log tillbaka. Bengtsson hade alltid sett lite yngre ut än vad han egentligen var och det var trots allt inte allt för sällan som han faktiskt fått intresse från klart yngre kvinnor. Hans kollegor hade ofta varit förbluffade öve detta men då han aldrig gjorde något åt situationen brukade det gå över i en irritation över att de själva inte hade samma förmån.

Bengtsson äntrade planet och skruvade sig vant igenom kön mot sin sittplats mitt i planet. Han hade läst någonstans för många år sedan att överlevnadsgraden var som högst mitt i planet eller precis strax bakom så han försökte alltid få någon av de platserna. Inte för att han var särskilt rädd för att krascha, det gick mer på rutin. Sin vana trogen hade han även sett till att få fönsterplatsen även här och han knackade mannen i mittensätet på axeln om att han behövde komma förbi. Mannen hade till synes redan somnat och var inte allt för glad över att vakna redan innan planet lyft. Han borde förstått att planet skulle bli fullbokat tyckte Bengtsson och gjorde ingen stor grej av det. Trots en hel hord av människor i gången precis utanför hans stolsrad lyckades Bengtsson glida in till sin plats. Den buttra mannen följde snabbt efter och det tog inte många minuter efter att han satt sig som han gav ifrån sig ljud som avslöjade att han hade lyckats somna igen.

Bengtsson stirrade ut genom fönstret mot aktiviteten utanför. Det lastades på väskor och arbetades febrilt med förberedelser med att få planet i luften. Han kände en inre tillfredsställelse med att se andra arbeta, speciellt efter den tunga start på veckan som han själv hade haft. Eftersom han hade lyckats somna på planet ner till Oslo fanns det ingen möjlighet för honom att somna igen. Så här i efterhand var det synd med tanke på att han förmodligen skulle behöva lyssna på grannens snarkningar den närmsta timmen.

Bengtsson började istället fundera på var Turkarna kunde befinna sig i Göteborg. Hade de någon allierad part i Sverige eller skötte de allt själva? Kanske någon av hans gamla antagonister var inbladade? Han kunde inte minnas att Turkarna figurerade i den undre världen bland de langare polisen plockade in med jämna mellanrum. Det var invandrare och andra pundare som sålde, gatubarnen som han brukade kalla dem. Bengtsson visste att de fick knarket någonstans ifrån men langarna var ordentligt skrämda till tystnad och det var sällan Göteborgspolisen fick några större genombrott.

Kanske kunde något av detta vara relaterat till Anitas död? Bengtsson hade aldrig glömt och tänkte ofta på möjligheten att han hade kommit för nära något han inte skulle ha känt till. Ett tillslag hos någon som kunde vara inblandad i något större och där man försökt skrämma polisen genom att ge sig på dem och deras nära. I hans sökande hade Bengtsson inte kommit längre än till att en viss motorcykelklubb kunde vara inblandade. Sedan kraschade han, förstörd av det tunga levernet, spriten och av brustet hjärta. Fram till nu hade han börjat acceptera tanken att aldrig få veta men varje resa tillbaka till Göteborg väckte återigen hans vilja att försöka ta reda på vad som egentligen hade hänt och vem som bar ansvaret. Kanske hade Martin Lövgren samlat på sig ny information om vad som kunde ha hänt? Kanske kunde efterdyningarna av målet mot Turkarna ge honom svaren?

Frågorna var många och definitivt inget han löste på egen hand i ett plan på väg till Landvetter. Bengtsson vände blicken ut genom sidofönstret. Han hade suttit helt försjunken i sina tankar och missat att planet både startat och kommit upp till marsch-höjd. Han blickade ut över vatten, planet hade redan lämnat Norge.

Kapitel 15

Kriminalkommissarie Martin Lövgren stod lutad över en karta över en specifik del av Norra Hisingen i västra Göteborg. Bredvid honom stod en reslig herre i heltäckande blå-svarta skyddskläder med polismärket på ena bröstet. Det var Joakim Andersson, chefen för insatsstyrkan i Göteborgsregionen. Tillsammans detaljstuderade de hur tilltaget mot Chosen Ones klubblokal skulle ske. Det var av stor vikt att de kunde komma fram till lokalerna utan att upptäckas för att förhindra att det skulle bli ett blodbad. Motorcykelklubben var ökända för att kunna ta till grova vapen i pressade situationer och ett fullskaligt krig var det sista som polisen ville och behövde just nu.

Det hade varit relativt lugnt bland klubbarna i Göteborg de senaste åren och media hade inte haft mycket att skriva om sedan mordet på Anita för 6 år sedan. Martin var inte intresserad av att skapa nya, blodröda rubriker för pressen denna kväll men om Patricks uppgifter stämde med att det förvarades knark för upp mot 10 miljoner i lokalen skulle de aldrig acceptera att någon bara knallade in och kikade. Martin pekade ut ett område på kartan.

- Jocke, hur väl känner du till skogspartiet bakom huset? Finns det möjlighet att komma den vägen?

Klubblokalen låg nära befolkat område och då både Klarebergsvallen och den lokala ridklubben låg väldigt nära var det av vikt att tillslaget inte fick påverkan på övriga oskyldiga i närheten. Martin gjorde en rörelse med handen som en illustration över hans tänkta angreppsväg. Hans idé var att de stängde av de båda två utvägarna precis under Norrleden samt satte en bil vid Klarebergsvallen fall i fall buset försökte undkomma genom samhället. Från Norrleden kunde insatsstyrkan ta sig in via en mindre grusväg och sedan angripa via ett skogsparti bakom huset. Matin var ingen novis när det kom till insatser av detta slaget men av förklarliga skäl var Joakim ändå den som hade mest erfarenhet.

- Ja, det går. Vi har bäst chans om vi dessutom delar upp oss och gör ett synkroniserat tillslag från andra fronter. Vi räknar med att de kan vara upp mot 10-12 personer med kraftiga vapen där inne och om de väntar ett tillslag så behöver vi flera angreppsvinklar.

Chefen för insatsstyrkan ritade upp scenariot för Martin som stod och nickade, lyssnade.

- Det finns en liten höjd här precis bredvid ridklubben och från denna höjden har vi insyn i nästintill alla utrymmen i lokalen enligt den ritning vi har att tillgå. Vi borde kunna se i princip alla personer som befinner sig i lokalen och även skicka in knall- och rökgranater så att grupperna från skogen kan ta sig fram utan att bli beskjutna så fort de lämnar skyddet som skogen ger.

Det fanns en relativt öppen yta på baksidan, ca 30 meter från skogen till lokalen. Utan skydd av mörker och beskjutning från annat håll vore de en enkel match för någon med kraftigt vapen inne i lokalen att hålla polisen stången.

Martin var högst ansvarig för operationen men Joakim hade det lokala ansvaret för sin personal, 3 piketstyrkor med 24 personer sammanlagt. Det var poliser som var vana vid denna typ av tillslag då de ofta blev kommenderade att hjälpa till vid terror-relaterade brott, gisslantagningar och liknande.

- Hur många personer kan du få med dig ikväll?

- Jag har hela gruppen på vänt, inget annat inplanerat så

vi kör med alla 3 bilarna.

Martin funderade på hur många de behövde utöver själva insatsstyrkan och kom fram till att ett 20-tal uniformerade poliser borde räcka för att stänga av flyktvägar m.m.

- Jag kan kanske fixa en 3-4 bilar som stänger av här och här, även några bilar till som backup om något skiter sig.

Martin pekade på kartan var han hade tänkt sig avspärrningarna. Tanken var att det skulle ske i stort sett samtidigt som själva tilltaget för att undvika att de råkade varna medlemmarna om vad som höll på att ske. Han tänkte att de kunde gömma sig i ett villaområde några få minuter bort innan signalen kom för själva tillslaget. Jocke höll med i hans plan och de båda var nu överens om hur de övergripande skulle se till att få medlemmarna på fall.

- Jag räknar med att det tar 45 sekunder för mina mannar att ta sig från skogspartiet och in i lokalen efter att vi knackar på med granaterna. Från tidigare besök vet vi att de har många lampor som lyser upp omgivningen och det är i princip omöjligt att smyga fram hela vägen. Vi måste ha ett understöd och det löser två av mina män från den här kullen.

Joakim pekade på kullen och förde även fingret fram och tillbaka över den väg som de två poliserna skulle ta för att kunna ta sig till kullen obemärkta.

- Här, mina killar borde kunna inta sin positioner väl före oss andra och kan samtidigt vara våra öron och ögon på sällskapet innan vi skall slå till. Vi behöver även säkerställa att inte ridhuset kör några utomhus-aktiviteter, kan du fixa det?

- Ja, jag har fått kontaktinformationen till klubbens ansvarige person och kontaktar henne genast. Får skylla på att det skall övas i området eller något, bara ge henne tillräckligt så att de håller sig inomhus. Vi vill inte skapa panik.

Joakim var nöjd med planeringen så här långt och sträckte på sin långa kropp. Han satte händerna bakom ryggen och slog nästan huvudet i lampan när hans långa kropp sträcktes ut i sin fulla längd. Martin log, skönt att man inte är ensam om att vara gammal och känna av krämpor tänkte han.

Efter några sekunders gymnastiska övningar flyttade Joakim åter fokuset till det väntade tillslaget.

- Vad hade du tänkt dig för tid för själva tillslaget?

Martin strök hakan omedvetet, funderade några sekunder. Han ville egentligen slå till så fort som möjligt men insåg att mörkret skulle ge dem ett bra skydd. Han var övertygad om att fördelen med mörkret garanterat skulle överväga nackdelen med att vänta. Det var även lämpligt att vänta in tiden när folk slutade arbeta för att få ner risken för att oskyldiga skulle skadas eller att de skulle bli upptäckta. Vägen till själva samhället söder om klubblokalen gick förvisso inte förbi motorcykelklubbens lokal för de flesta men man ville inte riskera något. Varken att klubbens medlemmar skulle bli varnade eller att oskyldiga skulle drabbas.

Martin tittade på klockan, den var nu nästan 15:00. De behövde ungefär 20 minuter för själva restiden till området och han uppskattade att den sista genomgången med styrkan skulle ta på ett ungefär en halvtimme.

- Om du kan få upp dina killar på höjden vid 19:00 så kör vi preliminärt 19:15.

- Bra då har vi nu några timmar på oss att samla in styrkorna och gå igenom vapen och övrig utrustning. Jag samlar mina grabbar och går igenom tillslaget mer i detalj. Uppstår det frågor eller något specifik så kontaktar jag dig direkt. Annars så samlas vi i garaget vid 18:00.

Joakim hade varit med om flera tillslag tillsammans med Martin och de behövde inte gå ner på detalj för vad de behövde göra, de litade på varandra fullt ut. Det fanns gott om tid till backup-planer eller om något oförutsett dök upp. Martin var nöjd med planen och såg verkligen fram emot att få städa rent i den undre världen. Chosen Ones hade satt skräck i det lilla samhället sedan de flyttade dit för 7-8 år sedan och var enligt narkotikapolisen en av de största aktörerna på den Väst-Svenska marknaden. Tyvärr hade polisen aldrig fått något att fastna på ledarna i klubben utan det hade mest handlat om springpojkar och hangarounds som hade åkt dit på bar gärning vid enstaka tillfällen. Vid varje tidigare razzia hade de inte hittat speciellt mycket och definitivt inte kunnat koppla det till någon med högre rang i klubben. Om Patricks uppgifter nu stämde med 24 kg kokain och en större mängd vapen i en gömma som de aldrig tidigare hittat så skulle de åka dit för gott. Martin vek ihop kartan och stoppade den i fickan.

- Jag har fixat tillstånden och åker med de målade bilarna, räknar med att jag kan få loss 3-4 bilar. Kör på insatsfrekvens 16A och bara scramblat. Högsta säkerhet vad det gäller information och ingen utanför gruppen får veta vad som skall hända. Vi kan inte riskera att det finns läckor som varnar.

De var båda helt överens och skiljdes åt efter ett handslag. Joakim gick ut ur rummet och lämnade Martin, stirrandes rakt ut i rummet, fördjupen i sina tankar. Det var alltså dags att sätta dit Västra Sveriges värsta busar, plocka bort dem från gatan för en lång tid framöver. Han var otroligt nöjd över den ingången han hade fått i samband med att klubbens vice president hade valt att hoppa av. Martin hade fått värdefull information om vart alla gömställen fanns i lokalen och även hur mycket vapen som fanns i omlopp. Till och med kombinationen till kassaskåpet fanns nu till polisens kännedom. Kändes som julafton trots att det var april månad, Martin log brett.

Det var dock en del uppgifter kvar att lösa och han fiskade vant ut mobiltelefonen från fickan och tog fram en papperslapp med kontaktuppgifter till ridklubben. Han hade låtit en kollega leta fram kontaktuppgiften när han såg hur nära ridklubben låg klubblokalen. Martin slog numret, det gick fram signaler. Efter ett större antal signaler hörde han en uppjagad och pipig röst.

- Hallå, du har kommit till Clarebergs Ridklubb. Det är Maria.

Det var Maria, personen som hade ansvaret för ridhuset denna kväll. Av någon anledning stavade ridklubben namnet med C istället för med K som de flesta andra funktioner i samhället hette. Martin var inte speciellt intresserad av att ta reda på varför det var så utan gick rakt på sak.

- Hej, det här är Kriminalkommissarie Martin Lövgren på Göteborgspolisen. Har du tid en stund?

Det blev tyst några sekunder på andra sidan samtalet men sedan återkom den pipiga rösten.

- Ja, har.. har det hänt något?

Martin var van vid att personer som blir uppringda av polisen utan att de själva vet varför blir oerhört nervösa. Det var en normal reaktion även om de själva kanske var övertygade om att de inte hade gjort något fel. Han försökte vara så lugn som möjligt för att ändamålet med samtalet skulle nå fram.

- Nej, du kan vara lugn, inget har hänt. Jag ringer bara för att göra er uppmärksamma på att det kommer vara en övning i ert närområde och om du kunde begränsa utomhus-aktiviteterna för hela kvällen skulle polismyndigheten vara väldigt tacksam.

- Okej, öh... vi har nog inget planerat utomhus ändå, jag kan kolla. Vad är det för övning?

Martin hade inte för avsikt att ljuga eller för den delen berätta sanningen så det fick bli en vit lögn som befanns sig lite mitt emellan helt enkelt.

- Det är delar av poliskåren som har en övning i skogen relativt nära era byggnader och jag meddelar bara för att ni skall slippa bli oroliga och eventuellt ringa polisen för att ni hör skott eller ser människor smyga i området. Allt är under kontroll. Jag vill bara meddela och kan ni undvika att rida eller befinna er utomhus under kvällen vore vi tacksamma. Ber om ursäkt för den korta framförhållningen.

Martin lät lugn och förtroendegivande vilket smittade av sig på Maria från ridklubben.

- Okej, jag löser det. Sätter upp en lapp på anslagstavlan och kontrollerar kalendern. Hittar jag några aktiviteter så pratar jag direkt med de som hade tänkt att vara utomhus. Men som sagt, jag är nog ganska säker på att det bara är inomhus-aktiviteter ikväll. Fortfarande lite för kallt för de yngre att vara ute.

Martin stoppade tillbaka lappen i fickan igen, den kunde kanske komma till pass senare tänkte han.

- Okej, du har nu mitt nummer och skulle du behöva kontakta oss så är du välkommen att ringa.

Han avslutade samtalet och kände sig trygg med att det inte fanns några ungdomar på hästar i området när de skulle slå till mot motorcykelklubben. Risken fanns att männen som skulle inta höjden bredvid ridklubben skulle bli upptäckta av någon på ridhuset men nu visste den ansvariga personen åtminstone en del av vad som skulle hända och förhopp-ningsvis skulle hon se det som normalt att två mörkklädda män med stora vapen och kikare skulle ligga och trycka på en kulle inte så långt från ridhuset.

Martin lämnade planeringsrummet på andra våningen och begav sig mot sitt kontor, han hade fortfarande en del samtal att ringa innan det var dags för avfärd mot Hisingen. Han behövde få loss 3-4 bilar med minst två poliser i varje och även om det var en kväll mitt i veckan så skulle han få jobba en hel del för att kunna allokera resurserna. På vägen till kontoret kände han ett starkt behov av en styrkande kopp kaffe så han tog en mindre omväg till den större hallen istället för att gå direkt till hissen. Den andra våningen i polishuset var en våning som mestadels bestod av mötesrum och andra gemensamma utrymmen. Inte sällan var det här som de flesta poliser utan eget kontor hängde och det fanns gott om kaffemaskiner och annat. Han lokaliserade maskinen och ställde en pappmugg på avsedd plats för en kaffe med mjölk. Det gick förvånansvärt snabbt att få muggen fylld till bredden med en brun vätska och Martin misstänkte att det skulle smaka ungefär som det såg ut. Medan han blåste försiktigt på den varma vätskan kände han en hand på axeln. För att undvika kaffe över hela kroppen vände han sig om med en sengångares hastighet. Det var själva chefen för radioenheterna som stod bakom honom, precis den person han behövde prata med.

Chefen för radioenheterna hade förvisso en inomhustjänst och var väldigt sällan ute på äventyr men Martin blev ändå väldigt glad att springa på honom så här, precis när han behövde hans hjälp. Vad är oddsen för det liksom tänkte han.

- Du, bra som fan att du är här. Jag behöver din hjälp. Har du tid några minuter?

Stefan Larsson, som chefen för radioenheterna heter, gav ifrån sig ett litet snett leende. Han hade sett fram emot en lugn kopp eftermiddags-kaffe i en av sofforna i hallen men Martins uppjagade ton och allvarliga ansiktsuttryck sa honom att något annat viktigare fick prioriteras.

- Visst, hinner jag ta med en kopp?

- Haha, självklart... skrockade Martin fram.

Stefan var en man som hade arbetat länge inom poliskåren och var van vid att det svängde bland prioriteringarna. Utan att veta exakt hur han kunde hjälpa Kriminalkommissarien tågade han med honom in i samma mötesrum som Martin bara några minuter tidigare hade lämnat och intog första bästa stol. Martin stängde dörren och satte sig på kanten på bordet i mitten.

- Jag behöver din hjälp... eller rättare sagt hjälp från några av dina enheter. Kan du undvara 3-4 bilar med full besättning till mig resten av dagen och kvällen?

Detta var inget unikt önskemål och det fanns alltid ett större antal bilar som inte hade allokerad tjänst men Martins allvarligare ton väckte hans intresse.

- Vad är egentligen på gång?

Martin litade fullt ut på Stefan, en person som han dessutom hade arbetat tillsammans med i många år och började genast att förklara vad som skulle ske senare på kvällen. Han ritade upp planen i form av en grov skiss och det tog inte lång tid för Stefan att inse vikten av att de kunde försvara utgången mot samhället fall i fall buset försökte smita den vägen.

- Jag kan undvara 4 bilar, tillsammans 8 poliser. Kan även ha några extra i området strax utanför om det skulle behövas. Skulle det fungera?

Martin var nöjd med svaret och förklarade för Stefan att han själv ville vara den som briefade personalen inför tillslaget. Detta för att chefen för radioenheterna säkerligen hade annat att göra under eftermiddagen men framförallt för att alla skulle få samma förhandsinformation.

- Härligt, kan du samla in dem här i detta mötesrummet om någon timme eller så? Skall vi säga 16:30?

- Inga problem, hälften av dem är redan i huset och resten är i stan, nära till hands.

Martin reste sig från bordet och gav honom en vänlig dunk i ryggen. Stefan log tillbaka och de lämnade rummet samtidigt, med varsin hyfsat varm kopp kaffe i handen. Nu återstod bara att säkerställa att alla papper var i sin ordning så att de inte riskerade att bli stämda i efterhand eller att inte kunna använda eventuella bevis som de skulle kunna hitta i rätten. Han räknade med att göra detta under den tiden det tog för Stefan att samla ihop sina mannar till nästa genomgång.

Denna gång gick Martin direkt till hissen och åkte upp på 4:e våningen där hans kontor låg. Det var ett litet och anspråkslöst kontor, speciellt för en Kriminalkommissarie, men det var inget som bekom honom. Han hade inga ambitioner att försöka visa upp sig eller spela viktig. Som en polis av den gamla skolan visste han att laget var starkare än den enskilda individen och hans kollegor gillade honom för den han var. Han intalade sig att han inte behövde ett flådigt kontor för att kunna göra sitt jobb.

På hans skrivbord låg en ljusbrun mapp med en handskriven text; "operation punka". Det var Martin själv som hade namngett operationen och han tyckte att han fick till det bra med tanke på kopplingen till motorcyklarna. Han log lite för sig själv när han såg texten. Mappen innehöll allt han behövde för att genomföra operationen. Han bläddrade igenom högen med material och ägnade den större delen av tiden av att kontrollera tillstånden. Alla tillstånd såg dock ut att vara i sin ordning och mappen innehöll även utskrifter på resvägar, reträtter, topologiska kartor och annat som kunde hjälpa dem.

Han lutade sig tillbaka i stolen, kände sig riktigt nöjd med dagen så här långt och Martin hade en känsla av att den bara skulle bli bättre ju längre dagen led. Han kom plötsligt att tänka på Patrick. Utan hans information hade de inte kunnat genomföra det så snabbt och med sådan förmodad framgång. Polisen hade fått värdefull information och han funderade på hur de skulle kunna återgälda honom. Patrick var ju trots allt kriminell och hade haft en hel del trassel med rättvisan genom åren men inget allvarligt.

Martin hade fått telefonnumret till en av de civilklädda poliserna som höll Patrick säker i villan och han beslöt sig för att ringa och kolla upp vad som hände. Martin slog numret på mobilen och det gick fram signaler.

- Ja, det är Jonas

Martin kände inte igen rösten men bad personen verifiera sig med numret på polisbrickan och en särskild kod innan han kände att han kunde tala fritt. Mannen på andra sidan samtalet klarade verifieringen galant.

- Är allt okej där borta?

- Jadå, han är lite rastlös och kan väl inte sägas gilla

poliser men annars är det bra. Hur går det för er?

Martin hade bestämt sig att endast dela nödvändiga uppgifter och höll sig kort.

- Jo, här är det bara fint. Vi rullar ut om några timmar och det hela bör vara över någon timme senare. Se bara till att hålla honom inomhus tills jag kommer.

- Okej, det är inga problem. Finns ändå inget att göra i området så vi håller oss inne.

Polisen försökte vara rolig men skämtet gick inte fram, Martin hade redan lagt på luren och var på väg ner mot mötesrummet på andra våningen för nästa genomgång. Tiden gick fort och det fanns fortfarande en hel del kvar innan de kunde andas ut tänkte han medan han halvsprang ner för trapporna. Martin var inte så ung längre och hade fått tillsägelser från sin läkare om att röra sig mer, inte helt olikt alla andra poliser i hans ålder. Med en stillasittande roll och en kropp som åldrades kunde det bli allvarliga fel på kroppen vid fel belastning, så löd åtminstone läkarens domedagsprofetia. Han behövde helt enkelt motion och att ta trapporna lite då och då kanske inte gjorde underverk men det var ett steg i rätt riktning tyckte han.

Han anlände till mötesrummet med fem minuters marginal, lite andfådd men utan svettpärlor i pannan. Martin hade fått upp flåset på sista tiden och klarade mer och mer. Han kände sig nöjd med utvecklingen och så fort det blev lite varmare ute hade han lovat att ge sig ut i motionsspåren och löpträna.

Inne i rummet satt 8 uniformerade poliser runt det ovala bordet som var placerat mitt i rummet. Samtliga stirrade på Martin där han stod och hämtade andan i dörröppningen. Det tog några sekunder för Martin att återfå normal andningsfrekvens och under tiden stängde han dörren och gick fram mot den stora whiteboard-tavlan som hängde på väggen på ena kortsidan av rummet. Han tog upp en blå penna, skrev "Operation Punka" på tavlan och vände sig mot poliserna.

- Idag skall vi tillsammans plocka ner Göteborgs värsta busar.

Kapitel 16

Knut loggade ut från datorn på det lilla men centrala Internet-caféet. Han hade spenderat 45 minuter av sin betalda timme med att scanna Internet efter spår på var Patrick kunde befinna sig men gått relativt lottlös därifrån. Patrick var inte typen som var aktiv på sociala medier och senaste träffen i offentliga system gick så långt tillbaka som till första året på gymnasiet. Inga uppgifter som på något sätt gav några ledtrådar till var han kunde befinna sig idag. Det fick bli till att köra den gamla stilen tänkte han.

Adressen till Patricks nuvarande boende hade han memorerat och bilden på Patrick och Jörgen hade han redan slängt för att undvika eventuella kopplingar om han skulle åka fast. Som torped hade han skaffat sig ett antal nya kvaliteter och att ha den mesta informationen i sin hjärna skyddade honom från det mesta. Utåt sätt kunde han i värsta fall riskera att ses som en utomstående som råkade vara på fel plats på fel tidpunkt, det fanns sällan eller aldrig något som kunde knyta honom till ett brott. Det var mycket därför som han hade överlevt i den undre världen under så pass lång tid.

Helt olikt de flesta torpeder i amerikanska filmer hade Knut ett helt vanligt och alldagligt utseende. Visste man inte bättre skulle man kunna tänka sig honom som grannen bredvid, läraren på förskolan eller den lokala elektrikern. Just denna egenskap gjorde att han kunde smälta in och lämnade sällan ett bestående intryck för omgivningen. Knut insåg att han var tvungen att använda andra tekniker för att nå sitt mål, att eliminera Patrick inom 24h. Ytterdörren gav ifrån sig ett ljudligt pling när han klev ut i den fuktiga vårluften, Han knäppte rocken samtidigt som han lät blicken vandra över folket som passerade i hopp om att finna några fynd i den förlängda påskrean som pågick bland butikerna i centrala Göteborg. Han satte kurs mot parkeringshuset där hans svarta Renault Clio stod parkerad till ett saftigt överpris. Inte för att han inte hade råd utan snarare för att han såg kapitalisterna som rånade vanligt folk som de riktiga bovarna i samhället. Han själv gjorde ju bara samhället en tjänst i sitt yrke tyckte han. Det var bara ett av hans flera narcissistiska drag.

I skydd av det dunkla ljuset i parkeringsgaraget och bilens skyddande, isolerande hölje tog han fram sin mobiltelefon och bläddrade bland sina kontakter. Han hade en kontakt på polishuset som stod i skuld till honom och genom att inkassera skulden skulle han möjligen kunna få kännedom om Patrick redan hade kontaktat polisen eller om han rent av planerade hämden på egen hand. Signalerna gick fram, han svepte närområdet med blicken för att säkerställa att han var ensam.

- Välkommen, du pratar med inspektör Petterson. Hur kan jag hjälpa dig?

Knut visste om att polisen ofta spelade in samtalen och använde därför en telefon som förvrängde rösten och ett nummer som inte gick att spåra. På så sätt skulle de aldrig kunna spåra samtalet tillbaka till honom.

- Hej, det är Knut... Du vet vem det är, behöver din hjälp.

Det tog ett par sekunder innan inspektör Petterson kunde samla sig och återkoppla.

- Hej, är det du?

Knut hade inte tid med småsnack och gick rakt på sak. Det var inte heller omöjligt att sökningar på Patrick var flaggade och satte igång alarm på några ställen i polishuset så han behövde få svar så snart som möjligt.

- Jag vill att du gör en sökning på om Patrick Larsson, medlem i motorcykelklubben Chosen Ones, figurerar i någon process hos er eller om han kan ha kontaktat någon. Han har telefonnummer 074-3467123. Rappa på, efter det här är vi kvitt.

Han hörde hur personen på andra sidan luren slog febrilt på sin dator och det var för övrigt tyst i 10-15 sekunder. Knut följde en familj som var på väg att packa in sig i sin Volvo bara några meter ifrån honom. Ingen i familjen märkte att han satt där och under tiden han väntade på resultatet hann bilen backa ut och försvinna.

- Hej, nu så. Jag hittar två saker; något är på gång med klubben så det har flaggats upp ett antal sökningar på dem senaste tiden men huruvida det har startats någon utredning är tyvärr ovanför min sekretessnivå. Jag fick dock en träff på hans mobil, det gjorde ett utgående samtal till just det numret igår. Det var kriminalkommissarie Martin Lövgren själv som ringde och det är väldigt ovanligt att någon på den nivån ringer direkt till buset.

Knut kunde själv göra kopplingen och behövde inte längre hjälpen så samtalet avslutades utan så mycket som ett tack eller adjö. Någon väldigt högt ansvarig har alltså kontaktat Patrick och det kunde bara innebära att han tänkte tjalla, tänkte Knut. Polisen ville säkerligen inte riskera att någon med lägre erfarenhet förstörde möjligheten till att sänka klubben.

Då Knut hade stor kunskap i hur polisens processer såg ut innebar det samtidigt högst sannolikt att Patrick befann sig i deras skydd och att ett tillslag mot klubben var nära förestående. Han kände sig tvungen att agera snabbt, valen stod mellan att bevaka klubben och att försöka hitta var polisen gömde undan Patrick. Klockan på instrumentpanelen visade 17:30 och han beslöt sig för att köra på spåret med motorcykelklubben. Han misstänkte att även polisen såg möjligheten att så snabbt som möjligt kunna slå till mot klubblokalen och kanske hade han turen att det skedde redan ikväll?

Knut startade bilen och rullade i makligt fart ut ur garaget. Han hade full koll på var klubbens lokal befann sig och ville helst komma ut före ett eventuell tillslag. I den bästa av världar skulle Patrick befinna sig på plats och kanske rent av sittandes i en polisbil på avstånd. Då vore det en enkel match att knäppa honom under tumultet som tillslaget ändå troligen skulle innebära. Han insåg att det behövdes vapen och bilen tog omvägen förbi en lagerbyggnad i utkanten av Partille, en lagerbyggnad som sedan länge var oanvänd. Det var inte enda stället i stan, eller landet för den delen, som han gömde undan vapen. Han kunde aldrig vara säker på när och var han behövde dem.

Det tog 15 minuter att komma fram till lagerbyggnaden och han stannade på ett bekvämt avstånd för att undvika att bli upptäkt. Han levde hela tiden med risken att polisen kunde bevaka några av hans vapengömmor vilket gjorde att han alltid tog det säkra valet framför det osäkra. En kikare av yrkesmodell hade tagits fram ur handskfacket i bilen och han började blicka ut över området från sig upplyfta position uppe på krönet. Bilen hade han stannat en bit från krönet, utan risk att någon skulle se honom. Han såg ingen aktivitet överhuvudtaget och började gå ner mot en mindre silverfärgad byggnad. Jobbet med Patrick krävde antingen ett handeldsvapen av det kortare slaget eller ett gevär för längre precision. Han kunde inte på förhand veta hur det skulle utspela sig och ville ha alternativ, planen var att plocka med dem båda.

Byggnaden var olåst och han sköt upp den relativt lätta plåtdörren några centimetrar medan han spanade in i lokalen. Det såg ut precis som det alltid hade gjort, bortsett från några gamla ölflaskor och McDonalds kartonger. Han misstänkte att någon uteliggare eller ungdomar spenderat en kväll eller två inne i lokalen men det var ingen risk att de hade hittat hans vapen som var väl gömda. Han klev in i lokalen och gick bort mot en gammal trästege som ledde upp på ett öppet, mindre vindsförråd. Trappan gav ifrån sig en del ljud under den ringliga färden upp mot förrådet men han var säker på att den skulle hålla, det hade den gjort förr.

Takhöjden uppe på förrådsdelen var inte mer än knappa metern och han fick nästintill krypa bort mot den bruna kistan som stod i hörnan under en ihopvikt matta. Det fanns ett kombinationslås på kistan och han slog vant in en kombination och hörde det bekanta klickljudet som berättade att han nu hade tillgång till innehållet. Han öppnade kistan och såg ett fodral som såg ut att innehålla en fiol eller liknande. Knut visste bättre, det var ett precisionsvapen, ett höghastighetsvapen med sikte av prickskytte-klass. Han samlade även snabbt ihop två pistoler av märket Baretta samt ammunition för ett mindre krig. Det fanns en mindre ryggsäck i kistan avsedd för transport, en anspråkslös svart ryggsäck utan märkeslappar. Han stoppade ner allt förutom fodralet i väskan och klev ner för den rangliga stegen igen.

Promenaden tillbaka till bilen gick aningen fortare och incitamenten att dra ifrån området så snabbt som möjligt var starkt. Med vapen, som garanterat skulle ge honom fängelse för resten av livet, i en liten ryggsäck i baksätet blev han en måltavla för den enklaste flygande inspektionen. Nu gällde det att hitta en möjlighet för att ta ner Patrick, hans rykte hängde på hans förmåga att hålla utsatta tider och målsättningar gentemot sina kunder.

Klockan hade hunnit bli 18:00 och han körde på mindre vägar för att undvika att bli stannad för någon förseelse eller slumpmässig inspektion. Det skulle ta 15-20 minuter att nå klubblokalen på Hisingen med den omväg han nu hade valt men det bekom honom inte. Han hade ändå ingen aning om när eller om polisen skulle slå till mot klubben men hans bästa gissning var att det skulle ske redan ikväll. Säkerligen i skydd av mörkret, det valet hade han själv gjort om han hade planerat ett tillslag i öppen terräng. Han uppskattade att det var åtminstone en timme kvar av dagsljus.

Efter 15 minuters skuttande på vägar som knappt förtjänades att få kallas vägar kom han fram till området där motorcykelklubben Chosen Ones hade sin klubblokal. Han avvek från vägen i en oroväckande hög fart och parkerade bilen bakom ett buskage strax öster om samhället i nordlig riktning. Knut satt kvar i bilen ett bra tag, väntade på om det skulle komma några reaktioner på hans vårdslösa körning. Ingen verkade ha sett honom och efter 10 minuter gick han ur bilen med ryggsäck och fodralet över axlarna. Han klev genast in några meter i skogen och sökte skydd mot förbipasserande bilar. Han hade lyckats få in bilen så pass långt i skogen att den inte var synbar från vägen såvida man inte visste vad man letade efter.

Noggrann som han var hade han detaljstuderat området och gjort sin bästa bedömning att polisen troligen skulle slå till genom ett angrepp norr om lokalen, i skydd av skogen. Han ville inte bli upptäckt av någon insatsstyrka som egentligen hade en helt annan agenda för kvällen, det nöjet ville han definitivt inte ge dem. Han lyckades ta sig fram i skydd av skogsmiljö till endast 150 meter från lokalen och började bygga ett skydd runt sig samt en upphöjning framför som kunde agera som stöd för vapnet. Klockan var nu 18:15 och Knut la sig på magen med kikaren runt halsen. Det var en hyper-modern kikare med mörkerseende, en funktion som definitivt skulle komma till användning då mörkret var på väg att falla över det lilla samhället. Han begrundade området och lokalen genom kikaren, såg varken polis eller Patrick men kunde se att det fanns aktivitet i lokalen. Några gestalter skymtade förbi i upplysta fönster, han räknade till ett knappt 10-tal människor i byggnaden.

Nu var det bara att vänta ut för att se om han hade rätt i sin teori om att polisen skulle slå till mot lokalen.

Kriminalkommissarie Martin Lövgren stod och väntade i polis-garaget på Ernst Fontells plats tillsammans med 8 andra uniformerade poliser. De väntade på insatsstyrkan som nu var nästan 15 minuter sena. Han sträckte sig efter telefonen för att försöka nå insatschefen Joakim Andersson men i samma sekund som han slog in sin pinkod på telefonen hörde han skrikande däckljud från andra sidan av garaget. Tre svarta SUV-ar kom i oroväckande hög hastighet mot dem och hade han inte befunnit sig inne på polishuset egna domäner hade han dragit vapen. Bilarna stannade som på ett pärlband precis framför dem och passagerardörren öppnades på vid gavel. Ut flög en lång herre, klädd i insatsstyrkans skyddskläder. Det var Jocke, det såg han på lång väg.

- Hej, sorry för förseningen men vi fick inte ut våra vapen i tid. De bråkade med oss i förrådet och tydligen saknades en underskrift på ett visst papper. Sorgligt att man inte får göra sitt jobb på det här stället utan att byråkratin skall sätta käppar i hjulet för en.

Martin log, visste mycket väl om att de nya föreskrifterna och förhållningsreglerna påverkade sånt som tidigare varit så självklart och enkelt. Han insåg samtidigt också att det var vitalt att polisen utvecklades och att intern säkerhet hamnade högt på agendan. De hade haft problem förr om åren med att bevis och vapen mystiskt hade försvunnit.

- Ingen fara, buset går ingenstans och nu är vi alla här. Vet alla vad de skall göra?

Joakim tog på sig ansvaret att svara för hela sin grupp, de hade haft en egen genomgång under eftermiddagen och var taggade till tänderna inför tillslaget.

- Här är det inga konstigheter, alla mina gubbar vet precis

vad som gäller ikväll.

Martin tittade runt på de uniformerade poliserna som nickade samstämmigt. Precis som det skulle vara inför en viktig operation visste alla inblandade parter exakt vad de skulle göra och han kunde inte vara annat än stolt över sina fina mannar.

- Nu ser vi till att sy in svinen. Inga oskyldiga får drabbas och håll nere blodvite till ett minimum om det går. Nu rullar vi.

Den mörkklädde insatsledaren hoppade in i den svarta bilen lika smidigt och snabbt som han hade hoppat ut och de tre svarta bilarna var först ut genom garaget. De hade kommit överens om att insatsstyrkan skulle köra först, dels för att de körde med civil-skyltade bilar och dels föra att de hade mest att förbereda vid ankomst. Första uppgiften var att lämna av två personer som skulle rekognosera området innan den resterande styrkan kunde rycka fram mot sina positioner norr om skogen.

Martin tog sin egen bil och följde med kolonnen med 4 andra målade bilar som körde i riktning mot Tingstads-tunneln och Hisingen. I ett inledande skede skulle de stanna till söder om det lilla samhället och invänta besked på framryckning. Genom en synkroniserad attack kunde 2 patruller inta lokalen framifrån samtidigt som insatsstyrkan tog sig in bakvägen. På så sätt skulle de omringa buset och även säkerställa att de inte kunde rymma.

Torpeden Knut hade tillbringat de senaste 20 minuterna genom kikaren och låg outtröttlig i sin position väl dold i buskaget när han såg en stor svart bil stanna bakom ridhuset strax öster om klubblokalen. Det såg definitivt inte ut som någon som skulle ta sig en kvällsritt och han ägnade nu all fokus åt bilen. Lamporna på bilen släcktes men i Knuts ögon lyste det fortfarande starkt om bilen, den skrek "insatsstyrka" lång väg. Det var alltså på gång tänkte han.

Enligt hans beräkningar skulle Patrick högst troligen inte vara med vid själva tillslaget men det var inte omöjligt att han satt och tryckte i en bil på bekvämt avstånd för att se och höra sina gamla vänner åka fast. Med ögonen fortfarande på bilen kunde han se två män i mörka kläder smyga ut och jogga uppför en närbelägen kulle där de kastade sig på marken. Insatsstyrkans ögon och öron var på plats sa han tyst för sig själv. Det var samtidigt signalen att han själv inte längre behövdes i fronten. Han backade från sin position, hängde på sig ryggsäcken och fodralet med geväret igen och begav sig tillbaka mot bilen. Att fastna i korselden vore förödande och hans agenda hade väldigt lite med själva klubben att göra.

Knut lyckades backa upp bilen på vägen igen och körde i riktning mot samhället. Efter ett antal hundra meter passerade han två andra svarta SUV-ar och han var övertygad om att det var resten av insatsstyrkan som inväntade bekräftelse på att ta sig till sina utgångspositioner. Han såg till att hålla hastigheten och bilarna verkade inte ta någon notis av honom. Han körde så pass länge att han inte längre var i deras synfält innan han saktade ner och svängde in mot villorna. Klockan var nästan 18:30 och folk som arbetade dagtid borde med hög sannolikhet redan vara hemma. Planen var att ställa av bilen och ta en promenad. Knut var inte lyst av polisen och hade även med sig falskt legitimation fall i fall han skulle bli stoppad. I polisens ögon skulle han bara vara en egenföretagare inom VVS-branschen från Karlstad som undersökte grannskapet inför en eventuell flytt.

Martin Lövgrens silverfärgade Volvo anförde den styrka

som skulle slå till framifrån och han saktade ner när han närmade sig de sista husen innan fotbollsplanen i utkanten av samhället. Väl framme vid planen skulle medlemmarna i klubben ha full sikt och kunna upptäcka dem om de hade uppsikt. Det underlättade inte heller att planen fortfarande var upplyst. Fan, bara inte några ungdomar springer ut där och hamnar i skottlinjen tänkte han medan han sneglade mot lokalen bakom en enbuske. Det rörde sig om ca 150-200 meter mellan deras nuvarande position och klubblokalen. Han insåg att de inte kunde rycka fram innan insatsstyrkan anföll från skogen, de kunde i så fall lika gärna sprungit i reflexvästar över vägen mot lokalen insåg Martin. De skulle synas i samma sekund de klev ut på vägen. Martin samlade männen i bilarna och drog de sista förberedande taktiska detaljerna.

- Vi har ingen möjlighet att ta framsidan till fots, det är för lång väg och risken finns att vi inte hinner fram innan någon av buset hinner sticka. Vi ställer upp bilarna på rad och kör i högsta fart på min signal. Vi kör varannan väg väl framme vid huset, första bilen stannar på lokalens högra hörn och spärrar av vägen, efterföljande bilar vise versa. Blir ni beskjutna har ni rätten att besvara elden men inga oskyldiga får drabbas... jag upprepar, inga oskyldiga får drabbas. Jag utgår ifrån att i stort sett alla som befinner sig i lokalen är skyldiga till något men använd bara våld och vapen i absolut nödvändighet. Okej?

Det hela kändes glasklart för samtliga uniformerade poliser som nu nickade i takt. Plötsligt reagerar Martin på ett ljud i den annars så tysta tisdagskvällen. Ett motorljud, från en motorcykel. Han vänder sig om och ser en lykta närma sig klubblokalen från vänster.

Jörgen hade varit fullt upptagen hela eftermiddagen med

att besöka potentiella köpare för de extra 4 kilona han hade tagit på krita från Turkarna. Han hade åkt direkt från mötet med torpeden och mött Albanerna strax söder om Göteborg tillika gänget från forna Jugoslavien som höll till i Mölnlycke. Utöver de två storhandlande gängen hade han haft samtal med en annan större aktör som mer än gärna befriade honom från något kilo till rätt pris. Han hade nu fått löften om köp till ett för klubben fördelaktigt pris och kände sig klart gladare jämfört med tidigare på dagen. Medan hans Harley skumpade fram på den eländiga grusvägen som ledde fram till lokalen kunde han kosta på sig att vissla en glad ton. Det skulle bli en riktigt bra kväll tänkte han, först säkerställa att han blir av med laddet och sedan Patrick. Han såg verkligen fram emot att få dra en triumferande lina av det finaste kokainet med resten av de trogna medlemmarna senare på kvällen.

Han parkerade bågen på den plats som var avsedd för presidenten och vandrade in i lokalen, fortfarande visslande på en glad ton. Micke var den förste som välkomnade honom med en rejäl näve. Micke var en god människokännare och såg tydligt att Jörgen hade haft en riktigt bra och produktiv dag.

- Haha, här har vi chefen. Glad som en speleman. Va fan, har du åkt till blattekvarteren och fått ligga eller?

Jargongen i klubben var rå och stundtals väldigt nedvärderande mot såväl kvinnor som grupper av människor som de inte tyckte stod så högt i kurs. Inte så att klubben var uttalat rasistiska men det faktum att ingen icke-svenkt någonsin hade varit medlem och orden "blatte", "apa" och "terrorist" figurerade ofta i diskussioner fick dem att åtminstone anses vara i riskzonen.

- Skit på dig rookie, jag behöver inget jävla blatte-knull för att må bra. Ikväll blir det fest grabbar.

Lokalens ljudvolym ökade med åtminstone 40 decibel och vilda jubel uppstod. Inga andra än Jörgen och Mikael hade en aning om varför de skulle festa men å andra sidan brukade de sällan behöva en bra anledning till att göra det.

Mikael gick närmare Jörgen och viskade i hans öra.

- Du, vi har besök. Det sitter tre Turkar i köket, de säger att de väntar på dig? Vi plockade av dem vapnen i samma sekund de knackade på och har två gubbar som bevakar dem nu. De har inte gjort något, sitter bara där och väntar.

- Lugn Micke, jag har kontroll på situationen. Knallar dit och pratar med dem. Se du till att fortsätta ansvara för säkerheten fall i fall dåren Patrick väljer att göra något.

Jörgen knallade in i köket med utsträckta armar och kostade på sig en lite tuffare attityd med vetskapen att Turkarna var obeväpnade och i minoritet.

- Basir, din gamle get. Haha, vad i helvete gör du i Sverige? Har dem slängt ut dig ur Norge?

Den skallige mannen på andra sidan köksbordet rörde inte en min, än mindre ställde sig upp för att ge Jörgen den kram han gav ett intryck av att vilja ha. Basir satte armarna i kors, spände ögonen i Jörgen.

- Du, kom inte här och spela tuff. Du är skyldig oss en mille.

Jörgen förstod varför de var där men de var ju ett dygn för tidiga.

- Det vet jag för fan men vi sa väl 48h? Det har ju bara gått ett dygn?

Basir behöll sin allvarliga min och armarna i kors.

- Ändrade planer, vi vill ha pengarna nu...

Jörgens glada humör sjönk som en sten i hamnen och han visste inte riktigt vad han skulle ta sig till. Det fanns pengar i kassaskåpet men inga miljoner. De hade i stort sett bränt alla pengarna på det stora inköpet och även om flera langare hade förbundit sig att köpa så fanns inga pengar framme än.

- Okej... okej, lugn... Jag skall fixa pengarna. Ni har dem ikväll ljög han i ett försök att vinna tid.

Jörgen tog några snabba kliv ut ur köket och nästan

halvsprang fram till Micke.

- Fan Micke, vi sitter i skiten. Vi måste kränga ladd för en mille redan ikväll. Våra liv hänger på det.

Mikael, fortfarande ovetande om att presidenten köpt kokain på krita, svarade det första som kom i hans tankar.

- Men, de sitter ju där helt obemannade. Vi mejar ner dem bara, gräver ner dem på baksidan.

Jörgen gillade hans spontana tanke och vilja att försöka lösa en knivig situation men skulle klubben ge sig på Turkarna skulle de få mångdubbelt tillbaka och det skulle bli slutet för klubben.

- Gillar hur du tänker men det här är inga gossar man bråkar med. De har en sjukt stor organisation, är kända för att ta till extremt våld och rör vi någon av dem lär ingen av oss överleva för att se sommaren. Satan, de lovade ju en dag till.

Mikael tittade på Jörgen, förstod inte vad han pratade om men insåg att de satt i en rejäl rävsax.

De mörkklädda männen på kullen hade följt klubbens aktiviteter senaste halvtimmen och var helt övertygade om att resten av insatsstyrkan kunde rycka fram mot skogen norr om lokalen. Deras slutsats var att all aktivitet i området var koncentrerat till själva lokalen. De signalerade via radio att det var fritt fram samtidigt som de fortsatte att sondera terrängen och höll koll på männen i lokalen.

Insatsledare Joakim Andersson och resten av hans gäng körde runt samhället på Norrleden och svängde av någon kilometer norr om den tänkte anfallspositionen. De nådde skogen på under 3 minuter och svängde av strax innan grusvägen som ledde mot lokalen. De parkerade bakom en industribyggnad på andra sidan Norrleden och gick till fots mot skogen i skydd av det tilltagande mörkret. Det tog det vältränade gänget inte många minuter att komma in i den skyddande miljön och de fortsatte framryckningen meter för meter i den snåriga terrängen. Själv tillslaget var på pappret inget extra-ordinärt för ett gäng som fritog gisslan i kapade flygplan till vardags och knappt 4 minuter senare stod de endast några få meter från skogskanten. Joakim greppade en radio som en av hans mannar bar på ryggen.

- Svart etta till mamma, vi är på plats för att inledan operation punka. Kom in mamma.

Joakim hade insisterat på att använda anropsnamnet "mamma" till Martin. Detaljer av denna typen var inte viktiga för Martin men situationen gjorde det lite komiskt och Martin kunde även höra några uniformerade poliser fnittra i bakgrunden.

- Mamma här, är ni redo, kom.

- Svart etta här, vi är redo. Så fort vi hör grabbarna från kullen knacka på kliver vi in i matchen. Kom.

Martin bad de uniformerade poliserna ta position innan han anropade grabbarna på kullen och bad dem sätta igång. Det var av vikt att insatsen gjordes med precision och den hade nu ett go.

Knut stod och tryckte bakom garaget till ett blått radhus i slutet på en villagata och kunde se precis vad som hände. Han befann sig knappt 100 meter ifrån de fyra polisbilarna och en silverfärgad Volvo som stod uppställda på rad i riktning mot motorcykelklubbens lokal. Avståndet var för långt för att höra vad de pratade om men han var mest intresserad av om Patrick befanns sig i någon av bilarna men så såg inte fallet ut att vara. Att mannen utan uniform var någon form av chef och insatsledare kunde Knut räkna ut på hans sätt att prata med de övriga i gruppen men han visste inte vem han var. Kunde det vara Kriminalkommissarie

Martin Lövgren? Det såg ut så på avstånd baserat på det fotografi han hade införskaffat efter att han fått veta att Martin hade kontaktat Patrick.

Han märkte på anspänningen i gruppen att något var på gång och då han inte såg Patrick någonstans drog Knut sig tillbaka mot bilen. Planen var att vänta ut tillslaget och följa efter Martin Lövgren, chansen var stor att han skulle möta upp Patrick efteråt och då hade han sin chans. Knut var noga med at inga oskyldiga skulle skadas såvida det inte kunde hjälpa honom att flytta polisens fokus från hans egna insats. Huruvida Martin eller någon annan polis skulle skadas i samband med mordet på Patrick var dock inget han planerade i förväg. Sådant såg han som en sidoskada och det skulle i så fall inte heller bli den första gången det hände. Han klev in i bilen och körde upp på en sidogata där han hade utsikt över lokalen men samtidigt var på så pass långt avstånd ifrån den att hans närvaro inte blev uppmärksammad. Knut stängde av bilen och förberedde sig på ett skådespel.

Jörgen och Mikael blev abrupt avbrutna i sin planering om hur de skulle lösa situationen med Turkarna i köket. Ett fönster gick i kras följt av en rejält kraftig smäll mitt i vardagsrummet. De tog instinktivt sig för öronen men den ringande signalen ville inte försvinna. En smärtsam hög signal ljöd i skallen på dem knappt överröstad av de övriga männens skrik i lokalen. Jörgen var den förste som reagerade, han insåg att något höll på att hända och skrek rakt ut.

- Vi är under attack, till vapen. Kontrollera ingångarna.

Övriga medlemmar började genast att leta fram sina vapen trots att deras huvuden fortfarande höll på att sprängas av den kraftiga smällen. Mikael slet fram ett maskingevär av en äldre Rysk modell som han hade förvarat under en planka i vardagsrummet. Han rusade in till ett sovrum vars fönster vette ut mot baksidan där han såg ett dussin mörkklädda män snabbt förflytta sig från skogen i riktning mot huset. Baksidan var relativt väl upplyst och han hade en bra överblick över vad som höll på att hända. Han krossade glaset till fönstret, stack ut sitt vapen och fyrade av en salva mot den anstormande gruppen. De mörkklädda männen besvarade snabbt elden och han fick söka skydd bredvid fönstret men av vad han kunde se så fick han två män på fall. Han stack återigen ut vapnet genom fönstret och sköt men denna gång utan att sikta, han stod kvar i skydd och hoppades att något skott skulle träffa någon.

Mikael fick snabbt sällskap av ytterligare en medlem som hjälpte till med att hålla inkräktarna stången. Det fanns endast en väg in från baksidan och det var genom altandörren men den hade Mikael under uppsikt. Den anstormande gruppen hade retirerat tillbaka till skogsdungen och besköt klubbmedlemmarna därifrån. Det blev tyst för en stund och Mikael kunde se i ögonvrån att en av Turkarna kom hukandes från hallen och fram till det andra fönstret.

- Vad fan är det som händer?

Turken var uppjagad och hade självklart hört både smällen och skotten. Medan de övriga tog skydd i köket tog han själv på sig uppdraget att ta reda på vad som hände. Mikael kunde se polismärket på bröstet på en av männen som låg orörlig på rygg på marken ett tjugotal meter ut. Han förstod nu att Patrick hade tjallat och att polisen kom för knarket. Turkarnas närvaro kunde även vara en anledning till varför de nu fick påhälsning men oavsett anledning så hade de tagit till vapen och det kunde de inte ångra nu, det visste han.

- Fan, det är snuten. Helvete, vad fan gör vi nu?

Mikael hade börjat få tillbaka full hörsel och kunde nu även höra polis-sirenerna som kom från andra ändan av huset. Han drog snabbt slutsatsen att de var omringade. I all sin upphetsning och diskussion med Turken bredvid hade han glömt bort att bevaka altandörren. Två personer från insatsstyrkan hade lyckats smyga sig fram och tagit sig in via bakdörren. De hade tagit den korta vägen genom hallen och skrek nu mot medlemmarna att släppa sina vapen.

Turken och den nytillkomna medlemmen sträckte armarna i luften i en oskyldig gest men Mikael hade redan så mycket på sitt samvete att han försökte löpa linan ut. Han vände sig hastigt om med vapnet fortfarande i händerna men hann aldrig avfyra ett skott mot männen i dörröppningen till rummet. Två skott från vardera polisvapen träffade Micke mitt i bröstet och han dog omedelbart. Han sjönk ihop i en hög på golvet till de andra männens förvåning, han hade aldrig en chans.

Ingen annan blodspillan utgöts denna kväll utan resterande medlemmar släppte sina vapen i takt med att poliserna välde in från båda sidorna av huset. Det hela hade gått mycket fort. Martin klev in, tillsammans med de sista av poliserna, genom huvudingången och fick se samtliga medlemmar sitta på knäna med händerna bakom ryggen.

Insatsstyrkan gick runt och band händerna med remmar och säkerställde att ingen annan befann sig i huset. Vapen samlades in och det hela var under kontroll. Martin fortsatte med sin uppgift, att få fram bevis i form av en massiv mängd kokain. Han hade hyfsad detaljkunskap om huset genom samtalen med Patrick och begav sig i riktning mot kontoret. Dörren var stängd men inte låst och det tog inte många sekunder för honom att hitta kassaskåpet trots den dunkla belysningen. Han slog in kombinationen och kunde belåtet konstatera att Patrick hade talat sanning. Framför sig fanns ett tjugotal större påsar packade med ett vitt pulver. En uniformerad polis och chefen för insatsstyrkan hade anlänt till kontoret under tiden och delade Martins glädje över att de fått bort både medlemmarna och kokainet från gatan.

- Jackpott, här finns allt vi behöver för att plocka in dem för en väldigt lång tid.

Medan de uniformerade poliserna samlade in medlemmarna och Turkarna för vidare färd mot polishuset gick insatsstyrkan igenom fastigheten i hopp om att hitta ytterligare gömda vapen eller liknande efter Patricks instruktioner. Martin bad en polisman att packa med sig allt från kassaskåpet och ta med det till polishuset. Han var själv inte riktigt klar med kvällens uppdrag. Martin behövde åka tillbaka till Patrick och berätta den goda nyheten. Joakim stod kvar tillsammans med Martin i det lilla kontoret och begrundade arbetet med att tömma skåpet på innehåll.

- Så jävla bra Jocke, vi tog ett gäng medlemmar på bar gärning med vapen och tillsammans med kokainet och annat vi hittar i kassaskåpet kommer vi plocka bort dem från gatan under en lång tid. Hur gick det för er, hörde att ni blev beskjutna?

- Ja, två av mina mannar träffades av en skur men skydden tog de värsta smällarna. En svimmande av och den andra spelade död efter att fått en kula i benet. Inget de inte repar sig ifrån och på det stora hela en vanlig arbetsdag för oss.

- Skönt att inget värre hände. Vilka var de andra utan väst?

- Vi hade lite tur där, vid identifikationen visade det sig att två av dem var internationellt efterlysta. Tillhör tydligen ett Turkisk gäng från Norge som langade narkotika.

- Å fan, det var ju en skön bonus.

Jocke skrattade högt åt det hela, insåg precis som Martin att det inte var varje dag som man bara snubblade över internationellt efterlysta personer vid ett tillslag.

- Ja, faktiskt inte omöjligt att det var just detta gäng som distribuerade knarket till motorcykelklubben. De hade inga vapen på sig och inte gjort sig skyldiga till brott här så vi kommer skicka hem dem till polisen i Bergen så får de ta över.

Martin log och la handen på insatschefens axel.

- Som sagt, skitbra jobbat. Förresten, kan du ta över här? Jag behöver göra ytterligare en sak innan jag är klar idag, behöver åka iväg.

Joakim nickade och vände på klacken ut mot vardagsrummet för att avsluta tillslaget.

Martin log fortfarande brett när han gick slalom mellan de bundna medlemmarna och ut mot bilen på framsidan. Han hade sannerligen goda nyheter tänkte medan han satte startnyckeln i bilen. Den silverfärgade volvon svängde av i västlig riktning på en mindre grusväg och åkte i riktning mot Majorna. Fyra hundra meter därifrån startade en svart liten bil också sin färd, på betryggande avstånd bakom Volvon men med samma mål.

Kapitel 17

SAS-planet gjorde en perfekt landning på den Väst-Svenska flygplatsen strax utanför Göteborg och Bengtsson kunde tryggt konstatera att han hade överlevt ytterligare en flygresa. Det var ett tag sedan han hade fått något ätbart i kroppen och längtade efter en kopp kaffe och en smarrig macka i caféet i ankomsthallen. Efter den sedvanliga sega rutinen att komma av ett plan kunde han passera rullbanden och resenärerna som väntade på sitt incheckade bagage.

Bengtsson följde strömmen mot utgången och siktade in sig på mittenpartiet av hallen där caféet låg. Landvetter var en normalstor flygplats i ett land med frekvent resande invånare så han blev inte så förvånad över att han inte var ensam om att vilja smörja kråset. Han ställde sig i den fem personer långa kön och försökte bestämma sig mellan en grov macka med tonfisk och ett polarbröd med ägg och räkor.

Kön rörde sig fortare än vad han hade räknat med och när den unga damen frågade honom vad han ville ha hade han inte ens bestämt sig. Matvalet hade även en touch av bra vs dåligt mot hans kropp men det är ju semester tänkte han.

- Ge mig en kopp svart kaffe och en sådan där macka med ägg och räkor.

Den unga damen hällde vant upp en kopp kaffe och fick fram mackan från bakom glasdisken. Bengtsson drog sitt Norska kreditkort i maskinen och fick en kvittoförfrågan samt ett accepterande ljud tillbaka. Med kaffe och macka på en brun platsbricka började han vandra runt för att hitta en ledig plats att sitta på. Trots att det var mycket folk i rörelse behövde han inte vänta länge på en plats. Han slog sig ner i slutet på en soffa och njöt av början på sin semester.

Mackan gav honom välbehövlig energi och nu behövde han bara en taxi. En taxi som skulle ta honom till hans vän i Fiskebäck. Bengtsson ville förvisso överaska honom men funderade om det var kanske ändå inte var bäst att först kontrollera var Martin befann sig innan han satte sig i taxin.

Bengtsson hade kvar en del kontakter i polishuset och kunde ringa några samtal för att försöka få reda på var Martin var utan att Martin själv skulle få reda på det. På så sätt skulle det bli en jäkla överraskning tänkte han och tog en stor klunk kaffe. Mackan med ägg och räkor såg inte så stor ut i disken och han var lite rädd för att han inte skulle bli mätt men så här i efterhand kunde han konstatera att han hade haft klart fel för sig. Med ett tjock lager ägg, majonäs och räkor hade den mättat rejält och han var redo att bege sig ut i Göteborgskvällen. Först skulle han bara ta reda på exakt vart han skulle.

Han fiskade upp mobiltelefonen och stängde av flygplansläget. Det tog några sekunder innan telefonen kopplade upp sig och det började ramla in sms där operatören välkomnade honom till Sverige med en lång text som beskrev kostanden för att ringa, skicka sms och surfa på nätet. Bengtsson, som hade företagsmobil, brydde sig inte så mycket kring kostnaderna och därmed inte heller sms'en. Han klickade resolut bort notiserna.

Bland kontakterna i telefonen letade han fram en gammal kollega från förr och klickade på samtalsikonen. Efter några signaler svarade en maskinröst att numret inte längre var i bruk. Han provade ytterligare ett nummer men kunde tyvärr konstatera att det hade gått för lång tid, han hade numera svårt att komma i kontakt med sina gamla kontakter på polishuset. Han intalade sig själv med att det ändå skulle bli en överraskning medan han lät ringsignalerna gå fram till hans gamle vän.

- Ja, Martin här.

- Tjena, det är Rolf. Rolf Bengtsson...

Nu var det inte så länge sedan de pratade, ett år går ju snabbt tänkte Bengtsson men han tog det säkra före det osäkra och presenterade sig vänligt med hela sitt namn.

- Haha, va fan. Rolf, är det du som ringer. Vad hittar du på?

- Jag tänkte komma ner och få lite sol, hälsa på gamla vänner. Sitter på Landvetter nu.

- Va? Är du i Sverige? Fan va trevligt, vi måste ses.

Bengtsson hörde på ljudet att Martin satt i bilen, hade Bengtsson tur kanske han kunde hämta upp honom på flygplatsen.

- Har du möjlighet att hämta mig eller skall jag försöka ta mig till dig?

- Du.. Jag lämnar Hisingen precis, har ett kortare ärende kvar men va fan. Kan du ta en taxi till centralen så möter jag upp dig där på vägen? Då kan du få följa med på mitt ärende, det går fort och du kan få hälsa på några av mina kollegor.

- Ja, det går bra. Är på väg ut för att haffa en taxi precis nu.

- Skitbra, jag är nog där snabbare än dig men har samtidigt lite samtal att göra så jag väntar in dig. Jag kör fortfarande min gamla Volvo och parkerar som en kratta som du lär inte ha några problem att hitta mig, står på baksidan. Slå en signal när du är framme.

Bengtsson kände sig klart nöjd med planeringen, han avslutade samtalet och fick tag på en taxi precis utanför dörrarna. Han stoppade in sin lilla röda resväska i baksätet och gav chauffören anvisningen att köra honom till Nils Ericsson terminalen i centrum. Färden beräknade Bengtsson till knappt en halvtimme och han log med hela ansiktet, en varm känsla spred sig i kroppen. Det här var precis vad han behövde tänkte Bengtsson medan han kikade ut i den nattsvarta naturen längs riksväg 40.

Knut låg på bekvämt avstånd några bilar bakom den silverfärgade Volvon genom stan. Han var inte säker på om Martin var på väg till att träffa Patrick men det var hans just nu hetaste ledtråd så han hängde på. Färden gick i en relativt låg hastighet på grund av den täta trafiken men Martin gjorde inget sken av att känna till att han var förföljd så Knut bara gled med några bilar bakom. Det var inte förstå gången som Knut förföljde en annan bil och han hade så här långt aldrig blivit upptäckt.

Volvon stannande på en parkeringsplats på baksidan av centralen, strax efter där bussarna stannade. Knut hade ingen möjlighet att stanna där då det endast fanns en ledig plats vilket skulle gjort det uppenbart så han körde vidare och parkerade 150 meter bort bakom Göteborg Energis lokaler. Där hade han trots allt bra uppsikt över Martin och kunde snabbt vara ute på vägen igen om och när han valde att fortsätta. Knut backade in i sin ficka för att slippa behöva vända sig, det gav honom kontroll och en snabb väg ut om det skulle behövas. Nu kunde han istället bara stänga av bilen och invänta vad som skulle hända.

Martin hade stängt av motorn och gjort ett antal telefonsamtal för att säkerställa att operation punka fortlöpte enligt plan. Det skulle samlas in bevis, hållas förhör med omhändertagna personer och skrivas rapporter. Han visste att han själv var tvungen att skriva en hel del rapporter men det var inget som inte kunde vänta till morgondagen. Insatsledaren Joakim Andersson hade skött det hela klanderfritt fick Martin höra över telefonen och han själv behövdes inte i polishuset för tillfället. Martin var oerhört nöjd med tilltaget och att kvällen skulle toppas med ett besök av sin gamle vän gjorde honom extra glad.

Han satt och stirrade ut genom sidofönstret på bilen, mot norra utgången av centralen när en välbekant gestalt uppenbarade sig. Han såg direkt att det var Rolf, hans lite släpande stil var fortfarande ett av hans signum och Martin kastade sig ur bilen för att möta upp honom. De möttes i en rejäl kram.

- Fan va gott att se dig Rolf.

- Detsamma kompis, det var länge sedan nu.

De stod kvar med armarna runt varandra, som ett gammalt par, och bara tittade på varandra.

- Fan, du ser lite sliten ut. Är det den tuffa vintern i Bergen som sliter så hårt?

- Haha, nej... varit en jävla tuff vecka bara. Dessutom avverkat två flygningar i eftermiddag. Nu behöver jag slänga upp fötterna på soffan, ta en rejäl whiskey och höra allt om hur du har haft det sedan vi hördes senast.

Martin garvade högt och sträckte sig efter Rolfs resväska.

- Den här tar jag, farbror kan vila upp sig så länge.

De både skrattade åt kommentaren och vandrade bort mot den illa parkerade Volvon. Bengtsson inspekterade bilen och kunde konstatera att allt var precis som det alltid hade varit.

- Ja, du parkerar verkligen fortfarande som en kratta.

De båda vännerna skrattade hela vägen in i bilen.

- Jag har haft en otrolig dag, du kommer få höra allt men nu behöver jag träffa en informatör och släppa honom. Han sitter i ett av våra hus i Majorna.

Martin startade bilen och körde ut från tågterminalen. Varken han själv eller Bengtsson märkte att en svart liten bil gjorde samma sak några hundra meter bort. De tog E45-an i västlig riktning och ägnade bilfärden åt gamla minnen. Det blev en synnerligen trevlig bilresa och skratten var många. Vänner av Martins kaliber växte inte på träd, det visste Bengtsson och han lovade dyrt och heligt att försöka komma ner klart oftare än vad fallet varit senaste åren.

Volvon svängde in i ett villaområde och Bengtsson kände igen sig. De hade använt huset även under den tid han själv var anställd på Göteborgspolisen och han hade varit inne vid några enstaka tillfällen.

- Du... Vår informatör är en avhoppare från ett av stadens motorcykelgäng. Är du okej med det eller vill du hellre sitta kvar i bilen? Jag vet att du misstänkte någon av gängen för inblandningen i Anitas död.

- Det är 6 år sedan nu. Jag har gått vidare, insett att jag aldrig kommer få veta vad som hände. Kan inte gärna ta ut det på en random snubbe från ett gäng som kanske inte ens var inblandade. Det är lugnt, jag följer med.

De båda männen parkerade på framsidan och gick runt huset för att gå in bakvägen. Martin hade fortfarande nycklarna till bakdörren men knackade vänligt på. Det tog en stund men sedan kom en av de civilklädda polismännen och öppnade, han hade sett dem båda genom att sidofönster och tyckte sig även känna igen Bengtsson.

Bengtsson, som hade ett minne som en häst, kände igen den civilklädde polisen i samma sekund som han öppnade dörren.

- Va fan, Jonte... Jobbar du kvar?

Det tog någon eller några sekunder, sedan trillade poletten ner även för Jonas och de båda möttes i en stor kram. Bengtsson drog lite kortfattat vad som hade hänt sedan sist och under tiden hade även den andra polisen anlänt till hallen. Det var dags att vinka av hjälpen och köra hem Patrick tänkte Martin och han avbröt de forna arbets-kollegorna.

- Grabbar, vi måste avsluta så att vi kommer hem någon

gång. Så, ge er av nu så tar jag och Rolf här hand om resten. Det finns inte längre någon hotbild mot Patrick. Förresten, är han kvar i källaren?

- Ja, han har suttit där nere och tjurat hela eftermiddagen och kvällen. En av oss fick köra och köpa McDonalds till honom då ingen annan mat passade men annars har det varit lugnt. Okej, vi drar nu, ha en fin kväll mina herrar.

Martin stängde och låste dörren efter de civilklädda poliserna. Han vände sig mot Bengtsson.

- Kom, du skall få träffa Patrick.

Martin gick först nedför den smala trappan mot källaren och Bengtsson följde strax efter. Patrick studsade upp från soffan i samma sekund som han såg Martin. Han verkade inte lägga någon större notis till Bengtsson som befann sig precis bakom.

- Hur gick det, åkte de jävlarna dit?

Patricks röst blev omedelbart upphetsad och det var kanske inte så konstigt. Han hade tillbringat de senaste 6 timmarna i en källare utan att ha någon som helst aning om vad som hände utanför huset.

- Lugn Patrick, det gick bra. Vi plockade in dem alla och fann både ett större parti knark samt mängder av vapen. Precis som du sa. Ingen i lokalen kommer få se dagsljuset på en väldigt lång tid. Det lovar jag dig.

Patrick kände en varm känsla skölja över honom, axlarna sjönk ner och han kunde äntligen slappna av. Det var alltså klart, han hade fått sin hämnd. Han hade fortfarande inga bevis på att det var klubben som låg bakom Lisas död men han hade själv planerat liknande attentat och förstod hur klubben och framförallt Jörgen fungerade. I Patricks ögon var det glasklart att klubben var ansvarig för att han aldrig fick se sitt barn växa upp.

- Tack, tack för att du kom tillbaka och berättade.

Martin satte sig i den nedsuttna soffan bredvid Patrick och la handen på hans axel.

- Dina uppgifter var helt avgörande för tillslaget och det är vi som skall tacka. Som en ren bonus så befanns sig några av klubbens leverantörer i lokalen och åkte med i samma tillslag. Vi har uträttat stora saker ikväll Patrick, du skall vara stolt.

Bengtsson stod kvar i rummet och begrundade situationen. Han kände igen Patrick från tiden innan flytten, speciellt hans sista år som Kriminalinspektör på Göteborgspolisen då de gjorde livet surt för många genom ständiga razzior och tillslag.

- Patrick, det här är Rolf Bengtsson, en god vän och kollega från polisen i Norge.

Patrick tittade upp på Bengtsson och förde snabbt ner blicken i bordet framför soffan.

- Ja, jag minns honom.... Från tiden han jobbade i Göteborg... för det är väl han?

- Du har helt rätt, Rolf arbetade som Kriminalinspektör just här i Göteborg för en massa år sedan. Ni har säkert stött på varandra i tjänsten så att säga.

Bengtsson nickade instämmande men Patricks blick lämnade inte bordet. Han såg nästan lite skamsen ut i Bengtssons ögon men han kunde inte sätta fingret på varför det skulle vara så. Bengtsson började dessutom känna en viss rastlöshet efter en lång resa och började vandra runt i rummet. Han var dessutom törstig och lämnade de båda männen i källaren för att försöka hitta något drickbart i köket på bottenvåningen.

Knut hade bevakat villan på avstånd sedan Volvon hade anlänt och noterat att två personer lämnat. Med hans yrke var det av vikt att han förstod hur polisen arbetade och hans kvalificerade gissning var att det rörde sig om två "barnvakter" som hade hållit Patrick sällskap under tiden

Martin varit upptagen med tillslaget mot klubblokalen på Hisingen. Högst troligen var det bara Martin samt hans till synes jämngamla kollega och Patrick som fanns kvar i huset. Knut gjorde bedömningen att det skulle vara lättast att plocka Patrick inne i huset vilket troligen skulle innebära att även Martin och kollegan skulle stryka med. Det skulle ge honom ett större försprång och sätta sig själv i säkerhet innan någon annan upptäckte vad som hade hänt.

Han tog fram två pistoler och skruvade på ljuddämparna, ville inte att någon granne skulle höra skotten och larma polisen. Knut hade trots sin erfarenhet inte ens fyllt 40 och de båda äldre männen skulle inte vara några problem för honom om det blev handgemäng. Patrick å andra sidan var en stor man med en alldeles speciell erfarenhet och det visste Knut, han hade inga som helst planer på att ge sig in i en match med honom utan vapen. Han fiskade upp en större kniv ur ryggsäcken, som han placerade i bältet längs ryggslutet, samt utrustning för att kunna ta sig förbi låsta dörrar. Han var nu redo för att slutföra sitt uppdrag.

Knut klev ur bilen och tog sig framåt mot villan med långsamma steg. Huset precis innan var nedsläckt och passade perfekt som angrepps-vinkel. Han smet in på den närliggande villans baksida och kunde helt utan insyn gå hela vägen fram till tomtgränsen. Buskagen som skiljde mellan tomterna hade ännu inte nått full blom men de var tillräckliga för att han skulle kunna hålla sig gömd medan han inväntade rätt tillfälle att ta sig in i huset. Han såg en gestalt i köket men kunde inte avgöra om det var Martin eller hans kollega men att det inte var Patrick kunde han lätt avgöra på gestaltens längt. Patrick skulle enligt uppgift vara över 1.90 vilket han inte bedömde gestalten i köket vara. Det tog inte mer än någon minut innan gestalten försvann och Knut väntade ytterligare några minuter för att säkerställa att mannen inte kom tillbaka.

Efter att tryckt bakom buskaget i 5 minuter smög han

fram till bakdörren på huset. Han la örat mot dörren och lyssnade efter aktiviteter eller röster men kunde inte höra något. Han tog fram utrustningen och började arbeta på låset.

Bengtsson hade inte hittat något av värde i kylen utan fick nöja sig med vatten ur kranen. Det hade dock löst hans problem och med glaset i handen började han utforska villan. Det var många år sedan han var där senast och då Martin ändå troligen var upptagen med att prata med Patrick så han började sin husesyn.

Det var en normalstor villa i 1,5 plan med källare, troligen byggd i början på 70-talet som de flesta andra villor i området. På bottenplanet fanns det kök, vardagsrum och två sovrum. Poliskåren hade inrett villan så att ingen utomstående skulle kunna tro att huset var obebott, en ren säkerhetsåtgärd från Polisens sida.

Bengtsson klev in i ett av sovrummen, det var inrett som om det bodde en tonåring i rummet. Planscherna på väggarna, färg och motiv på överkast samt några andra detaljer gav sken av att det rörde sig om en flicka som kunde bo där. Bengtsson hade alltid varit imponerad över hur väl kamouflerade de säkra ställena var och detta huset var inget undantag.

Han bläddrade förstrött i en av böckerna som stod på bokhyllan, kunde knappt minnas när han själv kände lugnet av att läsa en bra bok. Det var medaljens baksida av att vara polis som många av hans kollegor kunde skriva under på. Man var aldrig riktig ledig och sömnsvårigheter och andra bieffekter drabbade både han själv och andra inom polisväsendet.

Plötsligt hörde han ett ljud, ett ljud han mycket väl kände igen. Det lät som om någon sköt med en pistol i huset, en pistol med ljuddämpare. Bengtsson hade lämnat in sitt tjänstevapen innan resan och skyndade långsamt för att undvika att bli upptäckt. Han såg ingen i köket och smög fram till diskbänken. Han hörde nu tydligt handgemäng från källaren och tog med sig en större kökskniv för att kunna försvara sig. Han smög ner för den smala trappan, ville inte springa in i något men samtidigt var han orolig för vad som kunde ha hänt hans vän. Väl nere på de nedersta trappstegen kunde han se Patrick och en annan man slåss i soffan. Den andre mannen var mindre än Patrick men troligen stark då det var en jämn kamp. Han såg inte Martin någonstans. Bengtsson såg sin chans när den andra mannen hamnade med ryggen mot honom.

Med kniven i högsta hugg rusade han fram och stötte den i sidan på mannen som gav ifrån sitt ett omedelbart vrål. Mannen tappade sin pistol, tog sig för sidan och ramlade ur soffan. Patrick var snabbt uppe och tog hand om pistolen. Bengtsson tittade sig runt i rummet efter sin vän när han såg fötterna bakom soffan. Han rusade runt soffan och fann Martin ligga livlös på marken i en stor pöl med blod. Bengtsson glömde bort allt annat i rummet för ett ögonblick och sjönk ner på knä bredvid sin vän, lyssnade efter andningsljud. Bengtsson såg inga livstecken hos sin gamle kollega och hittade inte heller något puls. Troligen hade Martin dött omedelbart med det var en klen tröst för Bengtsson.

Han tog upp pistolen som låg bredvid Martins kropp och svängde runt soffan i full fart. Bengtsson var rasande och var på väg att göra upp med mannen som hade dödat hans vän. Han stannade framför den skadade mannen som nu låg på golvet, blödande från sidan på kroppen. Bengtsson höjde pistolen och siktade mitt i mannens panna, redo att avfyra, men Patrick hejdade honom genom att ställa sig i vägen.

- Nej, det är inte värt det. Gör det inte.

Bengtsson förstod inte varför Patrick försökte förhindra

att han skulle göra slut på mannen som trots allt hade haft som uppgift att ha ihjäl honom. Sekunderna kändes som minuter men till slut sänkte Bengtsson pistolen och Patrick klev undan.

- Ge mig en bra anledning till att inte denna mannen skall dö?

Mannen på golvet blödde kraftigt och var i starkt behov av läkarvård. Skadan gjorde att han förblev liggande på golvet och var därmed ofarlig för dem. Patrick stirrade på den blödande mannen och utan att lyfta blicken från honom började han berätta historien om den senaste och enda gången tidigare som klubben hade anlitat honom. Det handlade om att polisen hade varit alldeles för närgångna och man ville skrämma dem till lydnad. För 6 år sedan fick mannen på golvet en uppgift av presidenten i motorcykel-klubben, att skapa oreda och skräck hos polisen. En uppgift med dödlig utgång för en polishustru.

Bengtsson stod som förstenad, trodde inte sin öron. Inte nog med att mannen, som nu låg i en stor pöl av sitt eget blod, hade haft ihjäl sin bäste vän... han hade även varit den som satte skotten i bröstet på Anita. Han började skaka, hämndbegäret växte i honom och han lyfte åter pistolen mot mannen. Bengtsson hade drömt om denna situationen i alla år och äntligen skulle mannen som tog hans Anita ifrån honom dö en lika hemskt död som hon gjorde. Patrick var dock snabb och ställde sig åter i vägen för Bengtsson.

- Du kan inte göra detta, du kommer förstöra ditt liv.

Patrick var klart starkare än Bengtsson och var orubblig, han hade inte en chans att ta sig förbi honom och göra slut på torpeden. Bengtsson satte sig uppgiven på sovbordet, axlarna sjönk ner.

- Du har rätt, rättvisan måste få han sin gång. Vad vore jag för polis om jag sjönk ner till deras nivå.

Patrick tog långsamt vapnet ur handen på Bengtsson och började torka av det med duken som låg på soffbordet. Han sa inte ett ljud under tiden. Bengtsson följde hans procedur men förstod inte varför.

- Du har många viktiga uppgifter framför dig. Mitt liv är dömt som det är. Även om mina gamla vapenbröder i klubben åker in så finns risken att någon hittar ut på gaten igen, då blir jag ett jagat byte igen. Ring efter ambulans och polis, låt mig ta hand om torpeden. Se det som en försoningsgåva.

Patrick vände sig mot torpeden och satte ett skott mitt i pannan på honom. Huvudet studsade till och mannen dog ögonblickligen. Han vände sig mot Bengtsson samtidigt som han försiktigt la pistolen på bordet utan att torka av den.

- Så, det är gjort. Polisen kommer finna mina fingeravtryck på pistolen och komma efter mig. Jag är van att hålla mig undan rättvisan, kommer klara mig fint. Se till att hedra Martin och fortsätt jaga buset.

Bengtsson visste inte vad han skulle säga, han bara satt där på bordskanten och begrundade situationen. Patrick hade tagit på sig mordet på den man som hade haft ihjäl Anita. Allt för att Bengtsson själv skulle slippa råka illa ut. Att personer från den undre världen hade ihjäl varandra brukade sällan stå högt på polisens lista över prioriterade brott och även om Patrick skulle bli efterlyst för mordet så skulle det inte dras igång en stor spaning. Så mycket visste Bengtsson. Patrick tog på sig jackan som hängde på soffkanten, tog upp kniven som Bengtsson hade stuckit torpeden med och började långsamt gå upp för trappan. Några steg upp stannade han och vände sig mot Bengtsson.

- Du vet vad du behöver göra.

Det var de sista orden den stora mannen sa innan han försvann upp på bottenplanet och ut i den mörka natten. Bengtsson hade väntat i 10 minuter innan han hade ringt 112, en tid som gav Patrick ett lämpligt försprång. Det var dock inte hans huvudsakliga anledning till att han väntade, hans tankar flög runt och det tog en stund att samla dem.

Han hade precis förlorat sin bäste vän och kunskapen om vem som hade ihjäl Anita tog musten ur honom... fast på ett bra sätt. Äntligen hade han fått sinnesro.

Utanför villan ljöd sirenerna men Bengtsson satt bara kvar på soffbordet med sluttande axlar. Tom på känslor.

Kapitel 18

Bengtsson hade inte arbetat en enda dag sedan kvällen då han förlorade sin bästa vän. Fallet med Anita löstes förvisso samtidigt men det blev en parantes i sammanhanget, tyckte Bengtsson. Han hade förlorat sina två bästa vänner till samme man, en vidrig torped som levde på att ha ihjäl andra människor. Bengtssons hat mot mannen var så starkt att han önskade att han kunde vrida tillbaka klockan och skjuta honom själv, om och om igen.

När polisen hade anlänt till villan och hört Bengtssons historia hade det åter blivit tomt i hans liv. Han hade vänligt men bestämt avböjt möjligheten till samtalsterapi via polisens krisgrupper och istället tagit in på ett hotell i centrala Göteborg. Efter en i stort sett sömnlös natt hade han istället åkt raka vägen hem till Bergen igen. Det fanns inget kvar han kunde göra, Martin var fortfarande död, tillika hans baneman.

Ganska omedelbart efter hemkomst till Bergen hade han bokat en resa till Thailand. Ville bort från allt, helst så långt som möjligt. Resan hade gått till en av de mindre kända öarna i sydligaste delarna av det asiatiska landet. Det var mitt i sommarperioden och när flyget tog mark på Phuket International Airport klockan 9 på morgonen hade det redan hunnit bli nästan 40 grader i skuggan. Långbyxorna och den tunna jackan han hade fått med sig på flyget från London var högst opassande i värmen så han hade bytt om till något bekvämare i en närliggande toalett. Iklädd kortbyxor och en T-shirt hade färden fortsatt med buss och slutligen båt den sista sträckan ut till slutdestinationen.

Sinnet hade fortfarande varit mörkt och han hade känt sig allt annat än social, ville inte ens höra det svenska språket. Detta skulle visa sig lösa sig hyfsat och han klarade sig ganska bra under de 10 dagarna han spenderade på ön. Vid ett enstaka tillfälle i slutet på vistelsen hade Bengtsson gjort en utflykt med båt och där på resan stött på ett par från Stockholm. Bengtsson ljög för dem att han var född och uppväxt på Engelska landsbygden och det äldre svenska paret verkade tro honom. De hade inte slösat med orden till varandra och vid behov hade det pratats knagglig engelska. Det var en ovärdig och elak lögn men passade honom för tillfället väldigt bra. Han hade suttit vid kanten på båten under hela utflykten, kisat mot solen. Hoppats att ingen skulle lägga märke till och vilja konversera med honom om han slöt ögonen. Solen hade stekt hans bleka hy.

I månadsskiftet april-maj var det nästan olidligt varmt i Thailand men det hade inte gjort Bengtsson något. Han hade alltid älskat värmen och dessutom hade Thailand legat högt upp på önskelistan för framtida semestrar. När han hade gått på de relativt öde sandstränderna hade han vid flera tillfällen önskat att Anita fortfarande var i livet, gåendes hand i hand med honom. Bengtsson var glad att han hade fått ett avslut på hela historien och såg det trots allt som något positivt att han saknade och tänkte på henne. Det var fina tankar och det var hon väl värd hade han intalat sig själv när han promenerade längs strandkanten i värmen.

Solen sken genom det för året färska lövverket i träden vid parkeringsplatsen utanför Sankt Markus Kapell, sydväst om den västsvenska stadens centrum. Det var åtskilliga grader

kallare i Göteborg jämfört med Thailand men för tiden på
året ändå en helt okej vårdag med strålande sol och 14 grader
i luften. Det hade gått två veckor sedan hans gode vän och
f.d. kollega Martin Lövgren brutalt mördats i en källare i
Majorna. Bengtsson hade för andra gången på kort tid tagit
sig ner till Göteborg, denna gång för att medverka på en
polisbegravning. En begravning där han själv skulle spela en
ledande roll som kistbärare.

Han vandrade ensam den korta vägen från den parkerade
bilen mot kapellet. Det var någon timme kvar till själva
begravningen och arrangerande församling och ansvariga på
poliskåren hade bestämt träff en stund innan för att gå
igenom ceremonin. Han kunde se andra personer ansluta
från andra delar av parkeringen, alla såg ut att sammanstråla
precis utanför kyrkan där en mindre grupp människor i svart
redan hade samlats. Bengtsson såg andra vänner till Martin i
gruppen av människor, de allra flesta med blicken sänkt mot
marken. Han såg på avstånd även några höga chefer inom
poliskåren stå i en mindre gruppering vid gaveln på kapellet.
Bengtsson misstänkte att i princip alla som var något inom
poliskåren och Göteborgs stad skulle vara på plats idag. Att
en Kriminalkommissarie mördades tillhörde inte vanlig-
heterna och det brukade även bli huggsexa de kommande
veckorna om vem som skulle få ta över jobbet.

Begravningen var planerad att gå av stapeln klockan 14:00
och det var en fantastisk försommardag i början på maj.
Trots detta var svårt för sällskapet att njuta av det fina
vädret. En av poliskårens finaste människor hade brutalt
bragts om livet och det var sänkta huvuden och ledsna miner
så långt Bengtsson kunde se. Han anslöt till övriga strax
utanför ingången, det utbyttes ett antal artighetsfraser och
skakades hand. Bengtsson kände de allra flesta kistbärarna
från sin tid som kommissarie och även om det var ett trevligt
återseende så hade de alla nog önskat att de hade träffats av
ett helt annat skäl. Han räknade till fem personer inklusive

sig själv vilket förvånade honom. Ett jämnt antal borde vara en självklarhet tänkte han men blev direkt avbruten i tankarna innan han gick djupare in i den eventuella problemställningen.

Dörrarna öppnades och En yngre man kom ut ur själva kapellet, det var dags för genomgång. Bengtsson misstänkte att han var anställd inom kyrkan, det var brukligt vid begravningar då prästen hade annat för sig precis innan själva ceremonin. Bengtsson med följe steg in några meter i själva kyrkan och fick där under 15 minuter en extremt detaljerad och rigorös planerat rutt av den blonde ynglingen, information för hur själva kistan skulle flyttas från kapellet till själva jordfästningen några hundra meter bort. Tydligen var media inbjudna och det var av stor vikt att man följde den rutt som var planerad, de ville inte visa upp en svag och förvirrad poliskår efter vad som hade hänt.

Bengtsson hade fått instruktionen att sitta på den främre bänkraden tillsammans med övriga fem personer som skulle bära kistan ut till jordfästningen. Första bänkraden var själva starten på uppdraget med att bära Martin till hans sista vila och han satte sig ner trots att det var 45 minuter till ceremonin skulle börja. Med ögonen fäst på statyn som skulle föreställa Jesus frilade han sina tankar. Det var ingen bra tid eller plats att bryta ihop tänkte han medan han kämpade att få ut tankarna om sin före detta vän ur skallen.

Fler personer anlände till kapellet och de främre bänkraderna började fyllas upp med idel kända människor, allt från kommunalråd till högt uppsatta chefer inom poliskåren. Bengtsson släppte blicken från Jesus-statyn av ren artighet i takt med att bänkraderna fylldes upp. Han hade mött de flesta i sin tidigare roll inom Göteborgspolisen men kunde inte minnas att han någonsin hade träffat mannen som anslöt sist av dem alla, en äldre grånad herre som så gott som ljudlöst hade satt sig ner på första bänkraden utan att hälsa. Bengtsson studerade symbolerna på uniformen och kunde konstatera att det rörde sig om den nya Polismästaren i Västra Götaland. Tjänsten hade blivit vakant för några år sedan och tillsättningen hade gått väldigt snabbt.

Bengtsson hade fått det förklarat för sig att det rörde sig om en utomstående som fick tjänsten. Han mindes diskussionerna med Martin för några år sedan när tjänsten blev vakant. Det var många som hade haft Martin Lövgren som den hetaste kandidaten till tjänsten och inte minst Bengtsson själv. Han hade gjort vad han hade kunnat för att lyfta fram sin vän och besvikelsen var stor när de presenterade ett helt främmande kort från Stockholm. Martin hade dock tagit det hela med ro och försökt intala Bengtsson om att allt löser sig med tiden om man ser positivt på framtiden. Det som händer är menat och den positiva och filosofiska inställningen hade lugnat Bengtsson.

Klockan var endast några få minuter i 14 på eftermiddagen och kapellet var fyllt till bristningsgränsen. Martin var en populär kollega och med ett högt profilerat mord var det många som ville visa upp sin vördnad, speciellt inför sina chefer. Bengtsson kände instinktivt avsky inför att vissa försökte använda Martins begravning för att själva profitera på den men insåg ganska snabbt att poliskåren inte skiljde sig särskilt mycket från vilket företag som helst i avseendet att vissa människor var beredda att bokstavligen gå över lik för att få en bättre vardag.

Högtalarna sprakade och gav ifrån sig några höga volymspikar. Som på en given överenskommelse tystnade allt småprat i bänkarna och en medelålders man i en röd kappa klev fram mot kistan som tillsammans med en stor orgel tog upp den större delen av kortsidan i kapellet. Det var en träkista i mörkt cederträ med stängt lock, helt enligt Martins testamente. Han var väldigt klar med att han inte ville ha en öppen kista. Det fanns ingen förklaring till varför men Bengtsson kände hans vän så pass bra att han visste att Martin ville bli ihågkommen som den han hade varit, inte för hur han såg ut i en öppen kista.

Prästen hade ännu inte tittat upp mot de besökande utan harklade sig några få centimeter från mikrofonen med nedsänkt huvud. Han inledde med några ord om Jesus och hur han hade påverkat andras liv, direkt taget från bibeln. Han jämförde inte Martin rakt av med Jesus men flikade in kopplingen med hur Martin hade påverkat de unga poliser han hade fått möjligheten att arbeta med. På samma sätt som Jesus hanterade sina lärljungar och andra människor som passerade i hans väg.

Bengtsson passade på att återigen blicka ut över den överfyllda kyrkan. Idel ledsamma miner och en hel del tårar hade fallit längs de väl-pudrade kinderna hos den övre Väst-Svenska societeten. Han fick än en gång en klump i magen över falskheten då många besökare knappt ens visste vem Martin Lövgren var men Bengtsson knöt näven i fickan och vände åter blicken mot prästen och kistan.

Det hade tidigt kommit önskemål om att Bengtsson själv skulle bidra med ett kortare tal för sin förlorade vän men den punkten hade fått strykas på grund av tidsbrist. Det fanns helt enkelt fler och mer prominenta gäster som ville visa sin vördnad på ett öppet och självuppfyllande sätt. Det kunde Bengtsson leva med, han var ändå inte en person som gillade rampljuset men gjorde det som krävdes av honom.

Medan de högre cheferna passade på att i ändlösa tal hylla Martin Lövgren satt Bengtsson stilla och lät tankarna glida iväg till många av de fina stunder som han och Martin hade tillbringat tillsammans. Allt från havsfiske, kortspelskvällar till yrkesmässiga situationer där deras vänskap hade sammansvetsat dem än mer. De hade känt varandra i över 20 år och Bengtsson var tveksam till om han någonsin skulle träffa någon som Martin. En vän som tog honom för den han var, en vän som ständigt fanns där utan att ifrågasätta och ställa krav. En vän i vått och torrt helt enkelt. Bengtsson visste att sådana vänner inte växte på träd och det gjorde honom extra ledsen.

Efter dryga timmen avslutade den sista personen sitt tal för deras fallna vän och det blev åter tyst i kapellet. Det hade ordinerats en tyst minut för Martin och klockan hade hunnit bli nästan halv fyra på eftermiddagen. Det skulle vara ljust i några timmar till och planen var att hela ceremonin skulle vara avklarad väl innan mörkret föll över Göteborg.

Prästen tog åter ton och förklarade för sällskapet i kapellet om vad som väntade härnäst. Man hade bestämt att vem som helst av de inbjudna fick gå fram till kistan om man så önskade men då Bengtsson var en av de som skulle bära kistan ut till dess slutgiltiga destination var han inte lika intresserad av att trängas framme vid altaret. Han satt kvar i bänkraden och bevittnade en stor mängd människor passera Martins kista på vägen ut mot vårsolen. Bengtssons märkte att en del av de passerande människorna la en hand på hans axel men gjorde ingen större ansträngning att bemöta gesten. Han satt kvar med nedsänkt huvud ända tills att snyftandet, det lågmälda mumlandet och fotstegen mot det hårda kapellgolvet ebbade ut i riktningen mot ytterdörren . Han tittade upp och insåg att det endast var ett fåtal människor kvar inne i kapellet.

Bengtsson såg de övriga kistbärarna, prästen och en annan man. En man som han inte tidigare hade sett. Det visade sig vara en man som hade som huvuduppgift att se till att allt flöt på, att tider hölls och att inga oförutsedda händelser inträffade. Det var trots allt en hel del media på plats och Bengtsson gissade att mannen arbetade inom Polisväsendet eller kanske rent av på kommunen. Mannen var i yngre medelåldern, klädd i svart kostym och gav ett erfaret intryck i Bengtssons ögon. Han rörde sig med snabba rörelser, gestikulerade och instruerade Bengtsson och de övriga männen som var kvar. Själva genomgången tog fem minuter på sin höjd men de väntade ytterligare 5 minuter så att övriga gäster hade hunnit ut till själva platsen för gravsättningen.

Bengtsson fick även veta att överenskommelsen med media var att de inte fick intervjua någon. De hade enligt uppgift inte heller någon rätt att filma från gravplatsen när kistan skulle sänkas ner. Det betydde att medias sista uppgift var att filma Bengtsson och de fem andra männen bära bort kistan och troligen rusa iväg till stationerna för att klippa det sista av materialet. Begravningen sändes inte i direktsändning men skulle med högsta sannolikhet varvas en hel del i nyheterna framåt kvällen, tänkte Bengtsson.

Sex män i svarta kostymer stod nu bredvid Martins kista och fick de sista av direktiven för gravsättningen. Prästen skulle gå först och visa vägen, de övriga följde efter med tre personer på varsin sida av den mörka kistan. Under de sista minuterna innan avfärd bekantade sig de sex männen sig med varandra genom att hälsa på varandra. De flesta kände varandra sedan tidigare och Bengtsson tog dem artigt i hand, även den nya polischefen.

- Beklagar Rolf, jag vet att du stod Martin nära.

- Tack... ja, han var en vän. En bra vän.

De båda stod kvar med sammanflätade händer och tittade på varandra en stund. Polischefen var en rutinerad man och hade varit i liknande situationer många gånger förut. Bengtsson lät blicken vandra över den väldekorerade kavajen och förstod ganska snabbt att det var en erfaren polis som stod framför honom. En man som troligen förtjänat sin roll efter en lång och framgångsrik karriär.

- Rolf, om du orkar och vill så skulle jag vilja ha några ord med dig innan vi skiljs åt idag. Känns det okej?

Bengtsson kände egentligen inte för att småprata och hade inte heller en aning om vad Polischefen hade i tankarna. Han slängde ur sig ett slentrianmässigt svar utan att lyfta blicken från polischefens dekorerade bröst.

- Visst, det går bra.

Prästen hade bytt kappa till något mer anpassad för ceremonin utomhus och ställde sig några meter ut i gången.

Han vände sig mot männen, instruerade dem att greppa kistan och lyfta upp den på axlarna. Rolf stod längst fram på höger sida, Polischefen intog den vänstra främre uppgiften. De tittade på varandra och på en given signal lyftes kistan upp för att sedan vila på sex starka axlar. Tårarna, i den mån de hade funnits, hade torkats och kvar fanns endast ett starkt fokus att avsluta den ansvarsfulla uppgiften. Koordinatorn öppnade de yttre dörrarna mot den ljumma eftermiddagen och männen kisade mot det ljusa öppningen. Prästen ledde tåget ut mot Martins sista vila, en stilla vandring mellan solbelysta björkar och filmkameror till ljudet av smattrande fotoblixtar.

Bengtsson hade med åren lärt sig förstå media, hitta ett sätt att samexistera. Att istället för som förr om åren varit direkt negativt inställt hade han lärt sig använda dem för sin egen och polisens vinning. Han passerade uppbådet utan att titta upp, utan att visa några iögonfallande känslor. Efter 5 minuters promenad hade de kommit fram till den slutgiltiga vilan. Männen sänkte ner kistan på en vilande ställning och tog plats , helt enligt instruktionen, på varsin sida av graven.

Mediauppbådet var redan på väg tillbaka till var de kom ifrån och Bengtsson kände en klump i halsen när han tittade sig omkring. Själva gravsättningen var som brukligt endast avsedd för de närmaste men i Martins fall skulle det viss sig vara en liten skara. Ingen i Martins familj var längre i livet och hans närmaste vänner kom från polisen. En man som Martin förtjänade mer tyckte Bengtsson och han kände hur ögonen och näsan började tjockna till. En tår föll nedför kinden utan att han kunde hejda det, ens om han ville det.

Hatet mot mannen som hade haft ihjäl hans bästa vän fanns kvar, trots att han inte längre var i livet. Detta tack vare Patrick som tog på sig uppdraget. Bengtsson kände sig konstigt nog tacksam för detta, trots att det innebar att han skulle stå i skuld till en yrkeskriminell. Så här i efterhand hade Bengtsson blivit osäker på om hans hat för torpeden verkligen kunnat få honom att döda kallblodigt. Att ta en annan mans liv, utan chans att försvara sig. Ett beteende som han endast trodde kriminellt missanpassade individer var kapabla till.

Prästen avbröt hans tankar med den sedvanliga förklaringen till varför de hade samlats vid gravplatsen. Det mesta av lovorden hade avhandlats i kapellet och det rörde sig om minuter innan det hela skulle vara över. Kistan med Kriminalkommissarie Martin Lövgren sänktes sakta ner i det djupa hålet. Det blev en oannonserad tyst minut medan allas blickar var fokuserad på mörkret, en plats som inte ens den skarpa vårsolen mäktade med att lysa upp. Folk började sakta vandra bort, Bengtsson kände åter händer på axeln. Tröstande händer.

Den sista handen stannade kvar, vilandes på Bengtssons högra axel. Han tittade upp och såg ett numera bekant grånat ansikte. Den äldre, väldekorerade polisen stod återigen vid Bengtssons sida. Mannen lät ena handen vila på Bengtssons axel och sträckte fram den andra i en vänlig gest.

- Jag tror inte att vi har hälsat ordentligt, mitt namn är Gösta Alexandersson och jag arbetar som polismästare här i Göteborg.

Bengtsson tog artigt den äldre mannen i handen, nickade.

- För jävligt det här. Martin var en otroligt duktig polis och en fin person. Jag fick bara möjligheten att arbeta med honom i några få år. Jag kände i ärlighetens namn inte heller honom så bra privat men det räckte för att förstå att han blir saknad. Är allt okej med dig?

- Ja, det är okej ljög Bengtsson.

- Det kanske är för tidigt och då ber jag om ursäkt men det är viktigt att vi fortsätter på inslagen väg att få kontroll på buset. Med Martins tragiska död har det uppstått en vakant plats och jag vill att du tar den. Jag är säker på att det skulle göra Martin stolt om du axlade hans mantel som Kriminalkommissarie här i Göteborg.

Bengtsson visste inte vad han skulle säga. Polismästaren hade inte släppt hans axel under hela samtalet och han ingav ett förtroendegivande intryck. Dessutom hade Bengtsson börjat tröttna på de långa vintrarna och insåg att han faktiskt hade saknat Göteborg, staden han var uppväxt i. Efter alla åren i Bergen hade han även fått klarhet i vad som hände Anita och påbörjat processen att lägga allt bakom sig. Det var kanske dags att bege sig hem tänkte han.

- Jag är smickrad över ditt erbjudande, verkligen... men...

Polismästaren avbröt Bengtssons mumlande.

- Det är okej, du behöver inte bestämma dig idag. Jag förstår att du behöver tid. Vi gör så här. Jag håller platsen öppen för dig, ge mig bara besked inom en vecka eller två så löser vi detta. Jag skulle hemskt gärna se dig tillbaka i Göteborg igen.

Polismästare Gösta Alexandersson drog lite lätt på smilbanden och begav sig i riktning mot parkeringsplatsen. Det var det första leendet som Bengtsson hade sett på hela dagen. Kanske kunde det här fungera tänkte han medan han sist av alla övervakade ryggtavlorna på deltagarna. Det var nu bara Bengtsson och Martin kvar. Solen började sakta sänkas ner bakom de höga träden. En skugga föll över graven och gjorde den mörka hålan om möjligt ännu mörkare.

Bengtsson lyfte blicken från graven och lät den slentrianmässigt vandra runt bland de andra gravarna. Han kunde inte urskilja några namn men de flesta gravstarna indikerade att det var ett bra tag sedan de sattes i marken. Det var en vacker gravplats och Bengtsson kände för första gången på länge en varm känsla inombords. En känsla av att verkligen få till ett avslut, en känsla som samtidigt innebar en nystart.

Det var helt enkelt dags att göra skillnad igen tänkte han medan han sakta vandrade bort mot den ensamma Toyotan på parkeringsplatsen.